이 책에 쏟아진 찬사

역사에는 빈 부분이 있기 마련이다. 픽션은 그곳에서 시작되고, 논픽션은 그곳을 비워둔다. 이 책은 그 빈 곳에 픽션 양념을 뿌려보면 의외로 맛있는 요리가 된다는 것을 보여준다. 양자역학 이야기에 뿌려진 엄청난 양념 덕분에 나의 물리 영웅들이 바로 눈앞에서 이야기하는 착각에 빠졌다. 신박하다는 표현은 이럴 때 쓰라고 만들어진 단어가 아닐까. 짧지만 깊고, 쉽지 않지만 다정하고, 논픽션이지만 픽션 같은 책이다. 노승영의 완벽한 번역은 덤이다.

_김상욱(물리학자)

모든 대학의 교과 과정이 과학사와 사상의 역사에 관해 질문하는 이 철학적 소설을 중심으로 이루어질 수도 있겠다. 견딜 수 없을 만큼 아이러니하고 스산한 이 작품은 대단한 걸작이다.

_조이스 캐럴 오츠(작가)

과학과 과학자들에 대한 흡입력 있는 이야기들을 담은 '제발디언'의 책으로, 이야기의 끝에서 인류 파괴의 역사에 대한 하나의 명상에 도달한다. "우리가 어쩌다 여기까지 왔지?"라는 질문을 던진 뒤, 완전히 독창적이고 전혀 예상치 못한 방식으로 대답한다. (…) 벵하민 라바투트는 비상한 상상력으로 사실과 허구, 진보와 파괴, 천재와 광기 사이에 놓인 영역을 깊게 파고든다. 픽션과 역사적 사실을 혼합해, 가능성에 대한 우리의 개념을 확장시킨 위대한 정신들에 관해 풀어놓는 매혹적인 책이다.

_2021 부커상 최종 후보 선정의 이유

매우 기묘하고 독창적인 책이다. 픽션과 논픽션, 또는 파동과 입자 사이에서 맴돌며, 현대 수학과 과학에 대한 이야기를 위대한 유령 이야기처럼 섬뜩한 것으로 만든다.

_뉴스테이츠먼 '올해의 책' 선정의 이유

라바투트는 이 책에서 문학적이지만 결코 가식적이지 않은 문장들로써 발견을 향한 인간의 온갖 강렬한 욕망, 그리고 그 안에 담긴 위험성에 대해 탐구한다. 규정하기 힘들고 그렇기에 읽는 즐거움을 주는 이 특별한 작품은 곱씹을 만하다.

_퍼블리셔스 위클리

인간의 지식과 오만에 대한 매혹적인 명상. 라바투트는 다섯 편의 자유분방하고도 뛰어난 글로 지식과 파괴, 천재성과 광기의 상관관계를 조명한다.

_뉴욕 타임스

W. G. 제발트, 혹은 올가 토카르추크의 작품들을 떠올리게 하는 산문적인 명상이다. 이어지는 일련의 이야기들은 과학자들의 전기를 절묘하게 엮으면서 상상의 영토로의 모험을 감행하게 한다.

_뉴요커

정말 잘 쓰인 작품이다. 나는 이 책에 사로잡혀 허겁지겁 읽었다. 아무래도 라바투트가 완전히 새로운 장르를 창조한 것 같다.

_마크 해든(작가)

위대한 성취를 이룬 물리학자들과 그들의 이론에 대해 고도의 상상력으로 풀어낸 짜릿한 글.

_제프 다이어(작가)

WHEN WE CEASE TO
UNDERSTAND THE WORLD

우리가 세상을
이해하길 멈출 때

WHEN WE CEASE TO
UNDERSTAND THE WORLD

벵하민 라바투트 지음
노승영 옮김

문학동네

일러두기
• 본문 중 고딕체는 원서에서 이탤릭체로 강조한 것이다.

차례

•

프러시안블루

뉘른베르크 전범 재판을 앞두고 실시된 건강진단에서 의사들은 나치 지도자 헤르만 괴링의 손톱과 발톱이 새빨갛게 물든 것을 발견했다. 진통제 디히드로코데인을 하루에 백 알 넘게 복용하다 중독된 것이었다. 작가 윌리엄 버로스가 묘사했듯 이 약물은 자극성은 코카인만큼 약하지만 효능은 코데인의 두 배로 헤로인과 맞먹기에 미국 의사들은 괴링을 법정에 세우기 전에 의존증부터 치료해야겠다고 생각했다. 쉬운 일은 아니었다. 연합군에 체포될 당시 괴링이 가지고 있던 여행 가방에는 2만 회 넘게 투약할 수 있는 디히드로코데인이 들어 있었다. 제2차세계대전 막바지 독일에 남아 있던 생산분의 사실상 전부였다. 그의 중독은 이례적인 일이 아니었다. 독일 국방군 거의 전원이 페르비틴을 지급받았으니 말이다. 이 메스암페타민 알약을 복용한 병사들은 몇 주일 내리 잠도 자지 않은 채 광적인 흥분과 악몽 같은 혼수를 오가며 정신 착란 상태에서 싸웠다. 과다 복용한 병사 중 상당수는 걷잡을 수 없는 희열에 사로잡혔다. "사위가 쥐죽은듯 고요하다. 모든 것이 낯설고 무의미해진다. 마치 내가 조종하는 항공기 위에 떠 있는 것처럼 무게감이 전혀 느껴지지 않는다." 독일 공군의 한 조종사가 몇 년 뒤 쓴 이 문장은 치열한 격전의 현장이 아니라 지복의 환상을 목격하는 고요한 환희를 회상하는 듯하다. 독일 작가 하인리히 뵐은 1939년 11월 9일 전선에서 부모에게 보낸 편지에서 페르비틴을 더 보내달라고 부탁했다. "상황이 열악합니다. 편지를 이틀이나 사흘에 한 번씩만 쓰더라도 이해해주시길 바랍니다. 오늘 편지를 쓴 주요 용건은 페르비틴을 더 보내주십사 말씀드리기 위해서입니다. …… 사랑합니다. 하인 올림." 1940년 5월 20일에 쓴 길고 간절한 편지의 결말은 앞서와 똑같은 요청이었다. "비상용으로 소지하게 페르비틴 좀더 구해주실 수 있나요?" 두 달 뒤 그의 부모는 괴발개발 쓴 한 줄의 편지를 받았다. "부디 가능하다면 페르비틴을 더 보내주세요." 암페타민은 독일의 파죽지세 전격전을 가능케 한 연료였으며, 많은 병사들은 쓴맛 나는 페르비틴 알약을 혀에 녹여 맛보다가 정신병 발작을 일으켰다. 하지만 연합군 폭격기의 불바람이 전격전의 번개를 꺼뜨렸을 때, 러시아의 겨울에 탱크의 무한궤도 바퀴가 얼어붙었을 때, 잿더미가 된 땅 말고는 아무것도 침략군에게 넘겨주지 않도록 독일 제국 내에서 값나가는 것은 전부 파괴하라고 총통이 명령했을 때 라이히(독일 제국) 지도부가 맛본 것은 사뭇 달랐다. 패망을 앞둔 그들은 자신들이 세상에 불러들인 새로운 참상에 망연자실한 채 신속한 도피를 택했다. 시안화물 캡슐을 깨물어 독약이 내뿜는 달콤한 아몬드 향을 맡으며 질식사한 것이다.

전쟁의 마지막 몇 달간 자살의 물결이 독일을 휩쓸었다. 1945년 4월에만 베를린에서 3800명이 스스로 목숨을 끊었다. 수도 베를린에서 북쪽으로 세 시간 떨어진 곳에 삼면이 강으로 둘러싸인 반도半島 소도시 데민이 있는데, 후퇴하는 독일군이 서쪽 다리를 파괴하는 바람에 고립되어 적군赤軍의 무시무시한 학살에 무방비로 발이 묶이자 그곳 주민들은 집단적 공포에 사로잡혔다. 사흘에 걸쳐 남녀노소 수백 명이 스스로 목숨을 끊었다. 마치 섬뜩한 줄다리기 놀이를 하듯 일가족이 밧줄로 허리를 묶고는 톨렌제 강물 속으로 걸어들어갔는데, 어린아이들은 돌을 채운 책가방을 메고 있었다. 혼란이 극에 달하자, 그때까지 가정을 약탈하고 건물에 불을 지르고 여자들을 겁탈하느라 여념이 없던 러시아 군대는 자살 유행병을 진압하라는 명령을 받았다. 그들은 정원의 우람한 참나무 가지에 목을 매려던 여인을 세 번이나 구조했다. 나무뿌리 옆에는 쥐약 넣은 쿠키를 최후의 간식으로 먹은 그녀의 세 자녀가 묻혀 있었다. 이 여인은 살아남았지만, 병사들은 젊은 처녀가 부모의 손목을 그은 면도날로 자신의 동맥을 절단하여 과다 출혈로 사망하는 것까지는 막지 못했다. 나치당 상층부도 이와 비슷한 죽음 갈망에 사로잡혔다. 육군 53명, 공군 14명, 해군 11명의 장성들이 자결했으며 교육부 장관 베른하르트 루스트, 법무부 장관 오토 티라크, 육군 원수 발터 모델, '사막의 여우' 에르빈 로멜, 그리고 물론 총통 본인도 스스로 목숨을 끊었다. 헤르만 괴링 같은 나머지 사람들은 머뭇거리다 생포되었으나, 이것은 필연적 결과의 지연에 불과했다. 건강 상태가 재판을 받기에 적합하다는 의사들의 발표가 있고 난 후 괴링은 뉘른베르크 재판에서 유죄 판결을 받고 교수형을 언도받았다. 그는 한낱

범죄자가 아닌 군인처럼 죽고 싶다며 총살형을 요청했다. 최후의 요청이 거부됐다는 말을 듣고서 그는 포마드 병에 숨겨둔 시안화물 캡슐을 짓씹어 자결했다. 병 옆에 놓인 쪽지에는 자신이 "위대한 한니발처럼" 제 손으로 죽음을 선택했다고 쓰여 있었다. 연합군은 그의 흔적을 모조리 지우려 했다. 입술에 붙은 유리 조각을 제거한 뒤 그의 의복, 소지품, 알몸을 뮌헨 오스트프리트호프 공동묘지의 시립 화장장에 보냈다. 거대한 가마에 불을 피워 괴링을 소각했는데, 그 재는 슈타델하임 교도소에서 참수된 정치범과 나치 정권 반대파 수천 명, 악치온 T4 안락사 계획으로 살해된 장애 아동 및 정신병 환자들, 강제 수용소에 갇힌 무수한 피해자의 재와 뒤섞였다. 그의 뼛가루는 지도에서 아무렇게나 고른 작은 개울 벤츠바흐에 늦은 밤 뿌려졌다. 하지만 연합군의 괴링 흔적 지우기 시도는 수포로 돌아갔다. 오늘날까지도 전 세계 수집가들이 나치 최후의 위대한 지도자이자 독일 공군 사령관이자 히틀러의 후계자 괴링의 유품과 소지품을 거래하고 있다. 2016년 6월 한 아르헨티나인은 제국원수 괴링의 실크 팬티에 3000유로 이상을 지불했다. 몇 달 뒤 이 남자는 괴링이 1946년 10월 15일 깨문 유리 바이알 병이 한때 보관된 구리·아연 원통에 2만 6000유로를 썼다.

국가사회당 지도부가 베를린 필하모닉의 마지막 연주회에
서 이와 비슷한 캡슐들을 건네받은 것은 도시가 함락되기
직전인 1945년 4월 12일이었다. 군수부 장관이자 제3제국
공식 건축가 알베르트 슈페어가 편성한 특별 프로그램에 따
라 베토벤 바이올린 협주곡 D장조에 이어 브루크너 교향곡
4번 〈낭만적〉이 연주되었으며 마지막 곡은 적절하게도 리하
르트 바그너의 〈신들의 황혼〉 3막을 닫는 브륀힐데의 아리아
였다. 이 곡에서는 발퀴레가 거대한 장작더미 위에서 제 몸
을 불사르는데, 번져나간 불꽃이 인간 세상뿐 아니라 발할
라의 홀과 신들의 만신전까지 전부 집어삼킨다. 고통에 겨운
브륀힐데의 절규가 여전히 귓전에 맴도는 채로 청중이 출구
로 향할 때 독일 소년단(히틀러 청소년단 산하 기관 중 하나로,
십대들은 이미 바리케이드에서 죽어나가고 있었기에 10세 이하 어
린이로 결성되었다) 단원들이 작은 고리버들 바구니에 담긴 시
안화물 캡슐을 미사에서 성찬식을 집례하듯 나눠줬다. 괴링,
괴벨스, 보어만, 힘러는 이 캡슐만으로 자결했으나 그 밖의
많은 나치 지도자들은 캡슐을 깨무는 동시에 머리에 총을
쏘는 방법을 선택했다. 누군가 자결을 방해하고자 캡슐에 고

의로 불순물을 섞어 자신이 바라는 고통 없고 즉각적인 죽음을 맞이하는 게 아니라 느린 고통으로 죗값을 치르게 될까 두려웠기 때문이다. 히틀러는 자신의 약물이 오염됐다고 확신하여 사랑하는 블론디에게 약효를 시험하기로 했다. 독일셰퍼드 블론디는 히틀러와 함께 총통 벙커에 들어와 그의 침대맡에서 자며 온갖 호사를 누리고 있었다. 총통은 러시아 군대가 이미 베를린을 에워싸고 자신의 지하 은신처로 시시각각 포위망을 좁혀오는 상황에서 그들에게 자신의 애완견을 내어주느니 차라리 죽이기로 마음먹었지만, 제 손으로 죽일 엄두가 나지 않아 주치의에게 캡슐 한 알을 열어 개의 입안에 넣어달라고 요청했다. 얼마 전 새끼 네 마리를 낳은 블론디는 질소 원자 하나, 탄소 원자 하나, 칼륨 원자 하나로 이루어진 미세한 시안화물 분자가 혈류에 스며들어 숨통을 막자 즉시 숨이 끊어졌다.

시안화물은 효과가 어찌나 빨리 나타나던지 맛을 묘사한 역사 기록이 하나뿐이다. 21세기 초 인도의 금세공인 M.P. 프라사드는 32세의 나이에 이 약물을 삼킨 뒤 다음의 세 줄을 썼다. "의사들이여, 시안화칼륨이다. 나는 맛을 보았다. 혀가 얼얼하고 역한 신맛이 난다." 이 쪽지는 그가 자살을 위해

프러시안블루

빌린 호텔방에서 시신과 나란히 발견되었다. 독일어로 '블라우조이레', 즉 청산青酸이라 불리는 액체 상태의 시안화물은 휘발성이 매우 강하다. 섭씨 26도에서 끓으며 연한 아몬드 향을 내는데, 인류의 40퍼센트는 해당 유전자가 없어서 이 냄새를 맡지 못한다. 이 진화적 변이 때문에 아우슈비츠 비르케나우, 마이다네크, 마우트하우젠 강제 수용소에서 치클론B에 살해당한 유대인 중 상당수는 가스실을 채우는 시안화물의 냄새를 낌새조차 알아차리지 못했지만 일부는 자신들의 절멸을 계획한 자들이 자살용 캡슐을 깨물며 들이마신 것과 같은 향기를 맡으며 죽었다.

나치가 강제 수용소에서 사용한 독가스의 전신인 치클론A는 수십 년 전 캘리포니아 오렌지에 살충제로 뿌려졌으며 멕시코인 수만 명이 미국에 밀입국하려고 몰래 탑승한 기차의 이蝨를 구제하는 데 쓰였다. 객차의 나무판은 고운 파란색으로 물들었는데, 오늘날까지도 아우슈비츠의 벽돌에서 볼 수 있는 바로 그 색깔이다. 여기서 알 수 있듯 시안화물의 진짜 기원은 1782년에 최초의 현대적 합성 안료 프러시안블루에서 분리된 부산물이다.

프러시안블루는 탄생하자마자 유럽 미술계에 파란을 일으

컸다. 가격이 저렴했기에, 르네상스시대 이후로 화가들이 천사의 로브와 성모 마리아의 장옷長衣을 묘사하려고 쓰던 물감을 몇 년 만에 거의 대체했다. 그 물감이란 파란색 안료 중에서 가장 곱고 값비싼 울트라마린으로, 아프가니스탄 코츠카강 계곡의 동굴에서 캐낸 청금석을 갈아 만들었다. 곱게 빻은 청금석 가루의 화사한 쪽빛은 그동안 화학적 방법으로 재현하기가 불가능했다. 18세기 스위스의 안료·염료 제조업자 요한 야코프 디스바흐가 프러시안블루를 발견할 때까지는. 이 발견은 우연의 산물이었다. 디스바흐의 목표는 코치닐깍지벌레 암컷 수백만 마리를 빻아 만들던 루비레드를 재현하는 것이었다. 코치닐깍지벌레는 멕시코, 중앙아메리카, 남아메리카의 노팔선인장에 기생하는 작은 벌레로, 하도 연약해서 누에보다도 세심하게 보살펴야 한다. 바람, 비, 서리를 맞으면 보송보송한 흰색 몸통이 쉽게 상할 수 있으며 걸핏하면 쥐, 새, 털애벌레에게 잡아먹히기 때문이다. 이 벌레의 진홍색 피는 금은과 더불어 스페인 정복자들이 아메리카인에게서 약탈한 최고의 보물 중 하나였으며 이 덕분에 스페인 왕실은 카민(붉은 색소) 안료를 수 세기 동안 독점할 수 있었다. 디스바흐는 자신의 도제인 젊은 연금술사 요한 콘라트 디펠이 혼합한 동물 부위 증류액에 살레 타르타리(칼륨염)를 부어 스페인의 카민 독점을 끝장내려 했으나, 이 제법으로 만들어진 색깔은 닥틸로피우스 코쿠스(코치닐깍지벌레)의 선명한 빨간색이 아니라 파란색이었다. 이 색깔이 어쩌나 아름답던지 디스바흐는 흐스브드이리트(하늘의 원래 색깔), 즉 이집트인들이 신의 피부를 치장할 때 쓴 전설의 파란색을 발견했다고 생각했다. 흐스브드이리트의 제법은 신성한 언약으로서 이집트 사제들의 삼엄한 감시 속에 수 세기 동안 전수되었으나 그리스인 도둑에게 도난당한 뒤 로마 제국의 몰락 이후 영영 잊혔다. 디스바흐가 새로운 색깔을 '프러시안블루'로 명명한 것은 고대의 영광을 능가할 제국과 자신의 우연한 발견 사이에 끈끈하고 꾸준한 연관성을 부여하기 위해서였다. 훗날 독일 제국이 몰락하리라는 것은 그보다 훨씬 유능한 사람, 어쩌면 예지력의 저주를 받은 사람이 아니고서는 상상조차 할 수 없었을 테니 말이다. 디스바흐는 그런 지고한 상상력이 결여되었을 뿐 아니라 자신의 창조물로부터 금전적 이익을 뽑아낼 상거래와 사업의 가장 기초적인 기술도 갖추지 못했다. 프러시안블루는 디스바흐의 후원자이며 조류학자이자 언어학자이자 곤충학자인 요한 레온하르트 프리슈에게 돌아갔다. 프리슈는 이 파란색을 황금색으로 바꿨다.

프리슈는 파리, 런던, 상트페테르부르크의 상점에 프러시안블루를 도매로 공급하여 부를 쌓았다. 이 수익으로 슈판다우 인근의 토지 수백 헥타르를 매입하여 프로이센 최초의 누에 농장을 지었다. 열성적 자연학자 프리슈는 작은 누에의 희귀한 장점을 칭송하는 장문의 편지를 황제에게 보냈다. 편지에는 그가 꿈속에서 떠올린 야심차고 거창한 영농 계획도 묘사되어 있었다. 제국의 모든 교회 마당에서 뽕나무가 자라고 그 무성한 잎을 봄빅스 모리(누에나방) 애벌레가 먹는 꿈이었다. 프리드리히대왕이 마지못해 실행한 프리슈의 계획은 150년 뒤 제3제국에 의해 폭력적으로 추진된다. 나치는 황무지와 주거지, 학교 운동장과 공동묘지, 병원과 요양원 마당, 새 독일을 가로지르는 고속도로 양쪽에 뽕나무 수백만 그루를 심었다. 또한 온갖 종류의 안내서와 지침서를 농민들에게 배부하여 누에를 수확하고 가공하는 국가 공인 기법들을 상세히 전파했다. 누에는 끓는 물에 세 시간 이상 담가두어야 했는데, 이것은 고치의 귀중한 원료를 손상시키지 않으면서 누에를 죽이기 위한 최소 시간이었다. 프리슈는 생의 마지막 20년을 바친 18권짜리 대작의 부록에 이 절차를 수록했다. 이 책에는 독일에서 자생하는 곤충 300종이 광기에 가까울 만큼 꼼꼼히 정리되어 있다. 마지막 권은 들귀뚜라미의 완전한 한살이를 약충 단계에서 수컷의 구애 울음(기적汽笛 소리만큼 날카로운 찌르르 소리)에 이르기까지 상세하게 서술한다. 이와 더불어 암컷의 번식처와 산란을 묘사하는데, 알의 색깔은 그를 부자로 만들어준, 또한 판매가 시작되자마자 유럽 전역의 미술가들에게 인기를 끈 안료와 놀랄 만큼 비슷하다.

프러시안블루를 사용한 최초의 대大화가는 1709년 네덜란드의 피터르 판데르베르프였다. 그의 〈그리스도의 매장〉에서 지평선을 가린 구름 아래로 성모 마리아의 얼굴에 그림자를 드리우고 은은하게 빛나는 파란색 장옷은 메시아의 벌거벗은 시신을 둘러싼 제자들의 수심을 상징한다. 예수의 피부는 어찌나 창백한지 마치 쇠못에 벌어진 상처를 입술로 소독하려는 듯 무릎 꿇고서 그의 손등에 입맞추는 여인의 얼굴이 비칠 정도다.

18세기 들머리에 인류가 알고 있던 원소는 철, 금, 은, 구리, 주석, 납, 인, 비소 등 몇 가지에 불과했다. 화학은 아직 연금술에서 갈라져나오지 않았으며 비스무트, 비트리올, 진사,

아말감 같은 온갖 아리송한 이름으로 불리는 화합물은 뜻밖의, 종종 행운의 사건을 낳는 부화장이었다. 이를테면 프러시안블루는 이 색깔이 처음 합성된 안료 공방에서 일하던 젊은 연금술사가 아니었다면 결코 탄생할 수 없었을 것이다. 요한 콘라트 디펠은 경건주의 신학자, 철학자, 미술가, 의사를 자처했으며 그를 비난하는 사람들에게는 돌팔이로 치부되었다. 다름슈타트 인근의 작은 프랑켄슈타인성에서 태어났는데, 어릴 적부터 사람들을 곁에 끌어모으는 묘한 매력을 발산했다. 심지어 당대의 위대한 과학자이던 스웨덴의 신비주의자 에마누엘 스베덴보리를 매혹하기도 했다. 스베덴보리는 그의 가장 열성적인 제자 중 하나였고 훗날 그의 숙적이 되었다. 스베덴보리에 따르면 디펠은 사람들에게서 신앙심을 빼앗고 모든 지성과 선의를 박탈하는 재능이 있었다. 그는 추종자들에게 신성을 약속했으나 실은 "무아지경에 빠뜨린" 것이 고작이었다. 스베덴보리는 자신이 퍼부은 가장 맹렬한 비판 중 하나에서 디펠을 다름 아닌 사탄에 비유했다. "그는 가장 사악한 악마다. 어떤 원칙에도 구애받지 않으며 실로 모든 원칙을 적대시한다." 스베덴보리의 비판에 디펠은 콧방귀도 뀌지 않았다. 이단적 사상과 예배로 7년간 투옥된 뒤였기에 추문쯤은 대수롭지 않았다. 형기를 마친 그는 인간성의 허울마저 모조리 벗어버리고 산 동물과 죽은 동물을 대상으로 무수한 실험을 벌였으며 괴이한 열정에 사로잡혀 그 동물들을 해부했다. 그의 목표는 한 몸에서 다른 몸으로 영혼을 이식한 최초의 인물로 역사에 기록되는 것이었으나, 결국에 가서는 희생물의 부스러기를 짜맞추는 데서 변태적 쾌감을 느끼는 극도의 잔인함으로 악명을 떨쳤을 뿐이다. 레이덴에서 크리스티아누스 데모크리투스라는 필명으로 출간한 『육신의 질병과 치유』에서 그는 모든 병을 치유하고 영생을 선사하는 생명의 영약(철학자의 돌에 비길 만한 액체)을 발견했다고 주장했다. 그는 이 제법을 프랑켄슈타인성 소유권과 맞바꾸려 했으나 실패했다. 상한 피, 뼈, 가지뿔, 뿔, 발굽을 섞은 이 영약의 유일한 쓰임새는 살충제였다. 무엇과도 비교할 수 없는 악취 덕분이었다. 바로 이 성질 때문에 독일군은 저 시커멓고 끈적끈적한 액체를 비살상용 (따라서 제네바협약의 적용을 받지 않는) 화학 무기 삼아 북아프리카의 우물에 부었다. 탱크를 몰고 사막을 가로질러 자신들을 추격하던 패튼 부대의 진격을 늦추기 위해서였다. 디펠의 영약에 들어 있던 성분에서 탄생한 파란색은 결국 반 고흐의 〈별이 빛나는 밤〉, 호쿠사이의 〈가나가와의 파도 아래〉에서뿐 아니라 마치 이 색깔의 화학 구조에 들어 있는 무언가가 폭력을 유발하기라도 하는 듯 프로이센군의 제복에서도 빛난다. 그 무언가는 저 연금술사의 실험에서 이어져내려온 과오, 그늘, 실존적 얼룩이었다. 이 실험들에서 그는 동물을 산 채로 해부하고 조각조각 이어 붙여 끔찍한 키메라로 만들어서는 전기 자극을 가해 되살리려 했다. 이 괴물은 메리 셸리에게 걸작 『프랑켄슈타인: 현대의 프로메테우스』의 영감을 선사했다. 소설에서 그녀는 인간의 모든 능력 중에서 가장 위험한 능력인 과학을 맹목적으로 발전시키는 것이 얼마나 위험한가를 경고했다.

시안화물을 발견한 화학자는 이 위험을 몸소 체험했다. 1782년 칼 빌헬름 셸레는 극미량의 황산을 입힌 스푼으로 프러시안블루를 휘저어 현대의 가장 강력한 독약을 만들어냈다. 그는 이 새로운 화합물을 '프러시안산酸'으로 명명했으며 그 과다 반응성의 어마어마한 잠재력을 금세 알아차렸다. 그가 미처 예견하지 못한 것은 자신이 죽은 지 200년 뒤인 20세기 후반에 이 물질의 산업적, 의학적, 화학적 활용도가 어찌나 커졌던지 지구상의 모든 사람을 중독시키기에 충분한 분량이 매달 제조되리라는 사실이었다. 부당하게 잊힌 천재 셸레는 평생 불운을 겪었다. 누구보다 많은(자신이 '불 공기'라고 부른 산소를 비롯하여 일곱 가지) 자연 원소를 발견한 화학자였지만 재능이 자신만 못한 학계 동료들과 번번이 발견의 영예를 나눠 가져야 했다. 그들이 셸레보다 한발 앞서 연구 결과를 발표했기 때문이다. 셸레의 출판사는 그의 책을 출간하기까지 5년 넘게 기다려야 했다. 이 스웨덴인은 집필에 지극한 애정과 남다른 엄격함을 발휘했기에 실험실에서 새로운 성분을 만들어낼 때마다 냄새를 맡고 심지어 맛을 보기까지 했다. 하지만 프러시안산을 맛보지 않을 만큼은 현명했다. 그랬다간 몇 초 안에 죽었을 것이다. 그럼에도 이 나쁜 습관 때문에 마흔셋의 나이에 목숨을 대가로 치렀다. 그는 간 손상으로 죽었는데, 머리부터 발끝까지 전신이 고름집으로 덮였으며 관절에 물이 차서 몸이 마비되었다. 유럽의 어린아이 수천 명도 같은 증상을 겪었다. 아이들의 장난감에는 셸레가 제조한 비소계 안료가 칠해져 있었다. 아직 그 독성이 밝혀지기 전이었다. 한편 눈부시고 매혹적인 셸레의 에메랄드그린은 나폴레옹이 아끼는 색깔이 되었다.

셸레의 초록색은 롱우드 하우스의 방과 욕실 벽지를 장식했다. 어둡고 눅눅하고 쥐와 거미가 들끓는 이 저택은 황제 나폴레옹이 영국에 의해 세인트헬레나섬에 6년간 유배되었을 때 그의 숙소였다. 그의 방을 꾸민 페인트의 독소는 그가 죽은 지 200년 뒤 실시된 모발 샘플 분석에서 다량의 비소가 검출된 이유인지도 모른다. 이로 인해 발생한 암이 그의 위장에 테니스공만한 구멍을 뚫었을 것이다. 마지막 몇 주 동안 황제의 몸은 그의 병사들이 유럽에서 초토화된 것만큼이나 무지막지하게 유린당했다. 피부는 송장 같은 잿빛이었고 눈은 총기를 잃은 채 움푹 꺼졌으며 듬성듬성한 수염에는 구토 발작의 토사물이 군데군데 묻어 있었다. 팔에서는 근육이 빠져나갔고 다리는 작은 딱지들로 뒤덮였다. 마치 살아오면서 겪은 자잘한 자상이나 찰과상이 불현듯 모조리 되살아난 듯했다. 하지만 세인트헬레나섬에 유배되어 고통을 겪은 것은 나폴레옹만이 아니었다. 그와 함께 롱우드 하우스에 갇힌 수많은 하인들도 끊임없는 설사와 복통, 고통스러운 팔다리 부종, 어떤 액체로도 달랠 수 없는 갈증에 대한 기록을 숱하게 남겼다. 자신이 모시던 주인과 비슷한 증상으로 여러 명이 죽었는데도 의사, 정원사, 그 밖의 가솔은 죽은 황제의 시트를 서로 차지하려고 다퉜다. 시트에 얼룩진 핏자국, 똥물, 오줌버캐는 주인과 자신들을 서서히 중독시킨 바로 그

프러시안블루

성분으로 오염되었을 것이 틀림없었지만 그들은 아랑곳하지 않았다.

비소가 신체 조직의 가장 은밀한 곳에 숨어들어 몇 년에 걸쳐 쌓이는 끈질긴 암살자인 데 반해 시안화물은 일시에 당신의 숨을 멎게 한다. 시안화물 농도가 충분히 높아지면 경동맥 소체의 수용체가 한꺼번에 자극되어 호흡을 중단시키는 반사가 일어난다. 빈맥, 무호흡, 경련, 심혈관 허탈에 앞서 나타나는 이 증상을 의학 문헌에서는 '헐떡거림'이라고 부른다. 시안화물은 속효성 덕에 수많은 암살자에게 사랑받았다. 이를테면 그리고리 라스푸틴의 정적들은 러시아 제국의 마지막 여황제 알렉산드라 표도로브나 로마노바를 그의 주술에서 해방하기 위해 그에게 독을 바른 프티푸르 과자를 먹였지만, 라스푸틴은 어찌된 영문인지 독에 면역력이 있었다. 총을 가슴에 세 발, 머리에 한 발을 쏘고 몸을 쇠사슬로 감아 네바강의 얼음물에 던지고서야 그를 죽일 수 있었다. 독살 실패로 인해 미치광이 수도승 라스푸틴의 명성은 오히려 더욱 높아졌으며 급기야 여황제와 네 딸은 그의 시신을 숭배하기에 이르렀다. 그들은 가장 충직한 하인들을 시켜 시신을 얼음물에서 꺼내 숲속 제단에 안치했다. 시신은 추위

덕분에 완벽하게 보존되었다. 결국 당국은 라스푸틴을 완전히 없앨 유일한 방법을 써야 했다. 그것은 시신을 소각하는 것이었다.

시안화물은 살인자들에게만 매력적인 것이 아니었다. 천재 수학자이자 컴퓨터의 아버지 앨런 튜링은 동성애라는 죄목으로 영국 정부에 의해 강제로 화학적 거세를 당해 가슴이 커지는 부작용을 겪은 뒤 시안화물을 주입한 사과를 깨물어 스스로 목숨을 끊었다. 속설에 따르면 그의 자살은 좋아하는 영화 〈백설공주〉의 한 장면을 모방했다고 한다. 그는 일할 때 영화 속 대사("사과를 독액에 담가야지/잠자는 죽음이 스며들도록")를 곧잘 흥얼거렸다. 하지만 자살 가설을 입증하기 위한 사과 성분 조사는 결코 이루어지지 않았으며(사과씨에는 천연 시안화물이 함유되어 있어서 반 컵만으로 사람을 죽일 수 있는데도) 혹자는 튜링이 영국 정보기관에 암살되었다고 믿는다. 하지만 제2차세계대전 당시 그가 이끈 팀은 독일군의 암호를 해독하여 연합군의 승리에 결정적으로 기여했다. 튜링의 전기 작가 중 한 명은 그의 죽음을 둘러싼 모호한 상황(실험실로 쓰던 방에 놓인 시안화물 플라스크, 침대맡에서 발견된 자필 메모에 이튿날 구입할 물품 목록 말고는 아무것도

프러시안블루

쓰여 있지 않았다는 사실)이 실은 그의 계획이었다고 주장한다. 어머니가 죄책감을 느끼지 않도록 자살이 아니라 사고사로 위장하려 했다는 것이다. 이는 일상의 모든 것을 독특하고도 개인적인 관점에서 바라본 남자의 마지막 기행이었을 것이다. 생전에 그는 수많은 기행을 벌였다. 한번은 아끼는 머그잔을 사무실 동료들이 쓰는 데 짜증이 나서 잔을 라디에이터에 쇠사슬로 묶고 자물쇠를 채웠다. 머그잔은 이날까지도 그대로 매달려 있다. 모든 영국인이 독일의 침공이 임박했음을 예상하던 1940년 튜링은 예금을 찾아 큼지막한 은괴 두 덩이를 사서 작업실 근처 숲에 묻었다. 숨긴 장소를 잊지 않으려고 정교한 암호 지도를 그렸지만, 어찌나 꼭꼭 숨겼던지 전쟁이 끝난 뒤 금속 탐지기로도 찾지 못했다. 튜링은 자유 시간에 '무인도' 놀이를 즐겼다. 방법은 세제, 비누, 살충제를 비롯하여 최대한 다양한 살림살이를 손수 만드는 것이었는데, 살충제는 어찌나 독하던지 이웃의 정원들까지 쑥대밭으로 만들었다. 그는 전쟁중에 블레츨리 파크의 암호 학교에 있는 자신의 사무실에 자전거로 통근했다. 체인이 자꾸 빠져도 수리를 거부했다. 자전거를 수리점에 가져가지 않고, 체인이 감당할 수 있는 회전수를 계산하여 체인이 늘어지기 직전에 자전거에서 내려 조정했다. 봄이 되면 꽃가루 알레르기를 견딜 수 없어 (개전 초기에 영국 정부가 전 국민에게 보급한) 가스 마스크를 썼다. 그가 가스 마스크를 쓰고 지나가면 사람들은 공격이 임박한 줄 알고 겁에 질렸다.

독일이 영국에 독가스탄을 떨어뜨리리라는 것은 당시 필연적으로 보였다. 영국 정부의 한 자문관은 그런 공격이 벌어지면 첫 주에만 민간인 25만 명 이상이 사망할 것이라 추산했으며 신생아들조차 특수 디자인된 가스 마스크를 받았다. 학생들은 '미키 마우스' 마스크를 썼다. 이 기괴한 별명은 나무 딸랑이 소리가 나면 플라스틱 끈을 머리에 매고는 냄새 지독한 고무를 얼굴에 뒤집어쓴 채 호흡해야 하는 아이들의 공포를 덜어주기 위한 것이었다. 아이들은 내무부의 지시에 따라 마스크를 착용했다.

숨을 참는다.

마스크를 얼굴 앞에 대고 엄지손가락을 끈 안쪽에 넣는다.

턱을 마스크에 밀어넣고 끈을 머리 둘레로 최대한 당긴다.

머리를 감싼 끈이 꼬이지 않도록 조심하면서 손가락으로 마스크를 매만진다.

가스탄은 한 번도 영국에 떨어지지 않았으며 아이들은 마스크를 쓰고 숨을 내쉬면 방귀 소리가 난다는 사실을 발견했다. 하지만 제1차세계대전 참호 속에서 사린 가스, 겨자 가스, 염소 가스 공격으로부터 살아남은 병사들이 느낀 공포는 한 세대 전체의 무의식에 스며들었다. 역사상 최초의 대량살상무기가 초래한 공포에 대한 가장 확실한 증거는 제2차세계대전 때 가스 공격 금지 조치를 모든 나라가 받아들였다는 사실이다. 미국은 어마어마한 양을 투입할 준비를 하고 있었고 영국은 스코틀랜드의 외딴섬에서 양과 염소를 떼죽음시키며 탄저균을 실험했으나 이것이 실제 사용으로 이어지지는 않았다. 강제 수용소에서 가스를 쓰는 것에 전혀 거리낌이 없던 히틀러조차 전장에서의 사용은 거부했는데(그의 과학자들이 파리만한 도시 서른 곳의 인구를 몰살하기에 충분한 7000톤가량의 사린 가스를 제조했음에도), 제1차세계대전 당시 보병으로 참호에 배치되어 그 효과와 죽음의 고통을 두 눈으로 목격했고 스스로도 약하게나마 피해를 겪었기 때문이다.

역사상 최초의 가스 공격이 벌어진 벨기에의 소도시 이프르 근처에서 참호에 주둔해 있던 프랑스군은 어안이 벙벙했다. 1915년 4월 22일 목요일 아침, 잠에서 깬 병사들은 거대한 초록빛 구름이 무인지대를 건너 서서히 다가오는 것을 보았다. 사람 키보다 두 배 높고 겨울 안개만큼 짙은 구름이 지평선을 따라 시야가 닿는 곳까지 뻗어 있었다. 구름이 스치고 지나가면 나뭇잎이 시들었고 새가 하늘에서 떨어져 죽었으며 초원이 파리한 금속빛으로 물들었다. 파인애플과 표백제 같은 냄새가 병사들의 목구멍을 채웠을 때 폐에서는 가스가 점액과 반응하여 염산을 발생시켰다. 구름이 참호에 고이자 병사 수백 명이 경련하며 땅바닥에 쓰러졌다. 그들은 자신이 토한 가래에 숨이 막혔고 입에서는 누런 점액이 몽글몽글 흘러나왔으며 피부는 산소 부족으로 파래졌다. 독일군 빌리 지베르트는 이렇게 썼다. "기상 통보관 말이 맞았다. 맑고 화창한 날이었다. 풀이 난 곳은 선명한 초록색이었다. 이런 날엔 우리가 지금 하려는 일이 아니라 소풍을 가야 했다." 그는 그날 아침 이프르에서 독일이 살포한 염소 가스 6000통을 개봉한 병사 중 한 명이었다. "난데없이 프랑스군이 비명을 지르는 소리가 들렸다. 1분도 지나지 않아 그들은 내가 이제껏 보지 못한 규모로 소총과 기관총을 난사하기 시작했다. 프랑스군이 보유한 모든 야포, 모든 기관총, 모든 소총이 불을 뿜고 있었을 것이다. 한 번도 들어보지 못한

굉음이었다. 탄알이 우리 머리 위로 빗발치듯 날아가는 광경은 믿을 수 없을 지경이었다. 하지만 그래 봐야 가스를 멈출 순 없었다. 바람이 가스를 프랑스 전선 쪽으로 계속 밀어갔다. 소들이 울부짖고 말들이 비명을 지르는 소리가 들렸다. 프랑스군은 계속 사격했다. 자신들이 무엇에 대고 쏘는지도 몰랐을 것이다. 15분쯤 지나자 포성이 잦아들었다. 반시간 뒤에는 산발적 총성만 들렸다. 그러다 모든 것이 다시 고요해졌다. 얼마 뒤 시야가 걷혔고 우리는 빈 가스통을 지나쳐 걸어갔다. 우리가 본 것은 총체적 죽음이었다. 살아 있는 것은 아무것도 없었다. 모든 짐승도 굴에서 나와 죽었다. 사방에 토끼, 두더지, 쥐, 생쥐가 죽어 있었다. 공기 중에는 여전히 가스 냄새가 감돌았다. 남은 덤불 몇 그루에도 냄새가 걸려 있었다. 프랑스 전선에 당도하자 참호는 비어 있었지만 800미터 앞에 프랑스 병사들의 시체가 널브러져 있었다. 믿을 수 없었다. 영국인도 몇 명 보였다. 병사들이 숨을 쉬려고 얼굴과 목을 손톱으로 할퀸 것을 볼 수 있었다. 스스로에게 총을 쏜 사람들도 있었다. 아직 마구간에 있던 말, 소, 닭, 모든 것이 모조리 죽어 있었다. 모든 것, 심지어 곤충까지도 죽어 있었다."

이프르 공격을 감독한 인물은 이 새로운 전쟁 수단의 아버지인 유대인 화학자 프리츠 하버였다. 하버는 천재였으며, 이프르에서 죽은 병사 5000명의 피부를 검게 물들인 복잡한 분자 반응을 이해할 수 있는, 아마도 유일한 사람이었다. 그는 임무 성공으로 전쟁부 화학 부서의 책임자로 승진했으며 카이저 빌헬름 2세와 만찬하는 영광을 누렸다. 하지만 베를린으로 돌아왔을 때 그를 기다린 것은 아내의 분노였다. 독일의 대학교에서 화학 박사 학위를 받은 최초의 여성인 클라라 이머바르는 실험실에서 가스가 동물에게 어떤 영향을 미치는지 보았을 뿐 아니라, 현장 시험중에 바람 방향이 갑자기 바뀌는 바람에 하마터면 남편을 잃을 뻔했다. 하버가 말을 타고 연구진을 지휘하던 언덕으로 가스가 곧장 날아온 것이다. 하버는 기적적으로 목숨을 건졌지만 학생 하나는 독성 구름을 피하지 못했다. 클라라는 그 학생이 땅바닥에 쓰러져 마치 굶주린 개미떼에게 습격받은 듯 몸부림치며 죽는 광경을 목격했다. 하버가 이프르 학살을 끝내고 의기양양하게 돌아왔을 때 클라라는 그가 인간을 산업적 규모로 몰살할 수단을 고안함으로써 과학을 왜곡했다고 비난했다. 하버는 그녀의 말을 무시했다. 무슨 수단을 쓰든 전쟁은 전쟁이

프러시안블루

고 죽음은 죽음일 뿐이라는 것이 그의 생각이었다. 그는 이 틀간의 휴가 기간에 친구들을 파티에 초대했다. 새벽까지 계속된 파티가 끝나갈 무렵 그의 아내는 정원에 나가 신발을 벗고는 남편에게 지급된 리볼버로 자신의 가슴에 총을 쏘았다. 그녀는 위층에서 총소리를 듣고 달려온 열세 살 아들의 품에서 피 흘리며 숨을 거뒀다. 이튿날 프리츠 하버는 충격에서 미처 헤어나지 못한 채로 동부 전선의 가스 공격을 감독하러 떠나야 했다. 그는 전쟁 기간 동안 가스 살포의 효율을 높이는 기법을 가다듬었으며 그러는 내내 아내의 혼령에 시달렸다. "며칠에 한 번은 총알이 날아다니는 전장에 나가 있는 게 도움이 된다. 그곳에서 유일하게 중요한 것은 매 순간이며 유일한 임무는 참호에 갇혀 할 수 있는 일은 무엇이든 하는 것이니까. 하지만 그러고 나서 본부에 돌아와 전화기에 붙들려 있다보면 그 가련한 여인이 내게 했던 말이 심장 속에서 울려퍼진다. 기진맥진하여 환각이 보일 땐 명령서와 전보 사이로 그녀의 머리가 나타난다. 그것은 고통스러운 경험이다."

1918년 휴전 이후 연합군은 프리츠 하버를 전쟁 범죄자로 규정했다. 자신들도 동맹국(독일, 오스트리아·헝가리 제국) 못지않게 가스를 쓰고 싶어서 안달이었던 주제에 말이다. 그는 독일을 떠나 스위스에 자리잡았는데, 전쟁이 일어나기 얼마 전의 발견으로 노벨 화학상을 받게 됐다는 소식을 들었다. 그 발견은 수십 년 뒤 인류의 운명을 바꿀 터였다.

1907년 하버는 식물 생장에 필요한 주요 영양소인 질소를 사상 최초로 공기 중에서 직접 채취했다. 이렇게 하루하루, 그는 20세기 초에 전례 없는 세계 대기근을 몰고 올 뻔한 비료 부족 사태와 맞섰다. 하버가 아니었다면 구아노와 초석 같은 천연 비료에 의존하여 농사짓던 수억 명이 영양 결핍으로 사망했을 것이다. 과거 수백 년간 유럽의 끝없는 굶주림을 해결하고자 영국인 무리가 이집트까지 진출했는데, 그들이 고대 파라오의 무덤을 약탈한 것은 황금이나 보석, 유물을 찾기 위해서가 아니라 (파라오가 죽은 뒤에도 그들을 섬기기 위해 순장된) 노예 수천 명의 뼈에서 질소를 채취하기 위해서였다. 한편 영국인 도굴꾼들은 유럽 대륙에 매장된 유해를 싹쓸이했다. 300만여 점의 인골과 아우스터리츠, 라이프치히, 워털루 전투에서 병사들이 탔던 말 수십만 마리의 뼈를 파내어 배에 실어서는 영국 북부의 헐에 보냈다. 요크셔의 뼈 제분소에서 빻은 뼛가루는 앨비언의 파릇파릇한 논밭에 거름으로 뿌려졌다. 대서양 반대편에서는 평원에서 학살된 아메리카들소 3000만여 마리의 두개골을 가난한 아메리카 원주민과 소작농들이 하나씩 주워서 노스다코타의 노스웨스턴 본 신디케이트에 팔았다. 이 회사에서 뼈들을 교회만한 크기의 무더기로 쌓았다가 탄소 공장에 보내면 공장에서는 뼈를 갈아 비료와 (당시에 구할 수 있던 가장 검은 안료인) '본블랙(골탄)'을 생산했다. 하버가 실험실에서 이룬 성과를 바탕으로 독일의 화학 대기업 바스프의 수석 공학자 카를 보슈는 5만여 명의 노동자가 일하는 소도시 규모의 공장에서 수백 톤의 질소를 생산할 수 있는 산업 공정을 발전시켰다. 하버·보슈법은 20세기의 가장 중요한 화학적 발견이다. 가용 질소의 양이 두 배로 증가하자 인구 폭발이 일어났으며 16억 명이던 전 세계 인구는 100년도 지나지 않아 70억 명으로 늘었다. 오늘날 우리 몸속 질소 원자의 약 50퍼센트는 인공적으로 합성된 것이며 세계 인구의 절반 이상은 하버가 발명한 질소 비료로 재배된 작물을 먹고 산다. (당시 언론의 표현을 빌리자면) "공기에서 빵을 *끄*집어낸 사람"이 아니었다면 현대 세계는 존재할 수 없었을 것이다. 하지만 그의 기적적 발견의 원래 목표는 굶주린 대중을 먹이는 것이 아니라 제1차세계대전에서 영국 해군에 의해 칠레산 질산염의 운송이 차단된다 하더라도 화약과 폭약을 제조할 수 있도록 원재료를 공급하는 것이었다. 하버의 질소 덕에 유럽의 분쟁은 2년을 더 끌었으며 양측에서 수백만의 사상자가 더 발생했다.

전쟁이 길어져 고통을 겪은 사람들 중에는 스물다섯 살의 젊은 생도도 있었다. 미술가 지망생이던 그는 징집을 피하려고 온갖 애를 썼으나, 마침내 1914년 1월 뮌헨 슐라이스하이머 슈트라세 34번지에 경찰이 들이닥쳤다. 감옥에 처넣겠다는 협박에 잘츠부르크에서 신검을 받았는데, "무기를 들기에는 너무 허약하여 부적격" 판정을 받았다. 그해 8월, 다가올 전쟁에 동참하려는 열망을 억누를 수 없던 남자들 수천 명이 자원입대했을 때 이 젊은 화가는 별안간 태도를 바꿨다. 그는 바이에른 국왕 루트비히 3세에게 직접 탄원서를 보내 자신이 비록 오스트리아인이지만 바이에른 군대에서 복무하게 해달라고 간청했다. 이튿날 허가증이 도착했다.

리스트 연대에서 동료들에게 아디라는 애칭으로 불리던 그는 독일에서 훗날 (어린 지원병 4만 명이 단 20일 만에 목숨을 잃어) 킨더모르트 바이 이페른(이프르에서의 영아 살해)으로 불리게 된 전투에 곧장 배치되었다. 그의 부대원 250명 중에서 40명 만이 살아남았는데, 아디는 생존자 중 한 명이었다. 그는 철십자 훈장을 받고 일병으로 승진했으며 연대 전령으로 임명되었다. 그 덕에 몇 년간 전장에서 훌쩍 떨어져 정치 문건을 읽거나 자신이 입양하여 푹슬(작은 여우)이라고 이름 붙인 떠돌이개와 놀 수 있었다. 쉬는 시간에는 애완견과 막사의 삶을 묘사한 푸르스름한 수채화와 목탄 스케치를 그렸다. 1918년 10월 15일 그는 새로운 명령을 기다리다가 영국군이 발사한 겨자 가스탄에 잠시 눈이 멀었으며, 두 눈이 시뻘겋게 달아오른 석탄처럼 변한 채 전쟁의 마지막 몇 주 동안 포메른 북쪽의 소도시 바제발크의 병원에서 요양했다. 독일이 패전하고 카이저 빌헬름 2세가 퇴위했다는 소식을 듣고서 그는 두번째 실명 발작을 겪었다. 이번 발작은 가스에 의한 것과 달랐다. "눈앞의 모든 것이 검게 변했다. 나는 비틀거리고 더듬거리며 내무반으로 돌아가 침상에 몸을 던지고는 화끈거리는 머리를 담요와 베개에 파묻었다." 그가 이렇게 회상한 것은 몇 년 뒤 반란을 주동했다가 반역죄로 고발당해 란츠베르크 교도소에 수감되었을 때였다. 그는 9개월을 복역하면서 증오에 사로잡혔다. 승전국들이 자신의 제2의 조국 독일에 부과한 조건에 굴욕감을 느꼈으며 최후의 일인까지 싸우지 않고 항복한 장군들의 비겁함에 배신감을 느꼈다. 자신의 개인적 투쟁을 기록한 책에 따르면 그는 감옥에서 복수를 기도했으며 독일을 세계 어느 나라보다 우월하게 만들겠다는 계획을 세웠다. 필요하다면 자신의 손으로 추진할 각오도 되어 있었다. 전간기에 아다가 국가사회주의노동자당 꼭대기에 올라 (훗날 자신을 전 독일의 총통으로 만들어줄) 인종차별적이고 반유대주의적인 장광설을 토하는 동안 프리츠 하버는 고국의 빛바랜 영광을 되찾으려고 나름대로 노력하고 있었다.

하버는 질소의 성공에 고무되어 바이마르공화국을 재건하고 (경제를 옥죄는) 전쟁 배상금을 지불할 계획을 고안했다. 그에게 노벨상을 안겨준 것만큼 놀라운 그 계획은 바닷물에서 금을 채취한다는 것이었다. 그는 의심을 피하기 위해 거짓 신분으로 돌아다니며 전 세계 바다에서 물 시료 5000점을 채집했다. 그중에는 북극과 남극의 얼음 조각도 있었다. 그는 바닷물에 녹아 있는 금을 캐낼 수 있으리라 확신했지만, 몇 년간 고생한 끝에 자신의 처음 계산이 이 귀금속의 양을 몇 배나 과대평가했음을 인정해야 했다. 그는 빈손으로 귀국했다.

프러시안블루

독일에서 반유대주의가 여전히 기승을 부리고 있었기에 그는 카이저 빌헬름 물리화학·전기화학연구소 소장 업무를 피난처로 삼았다. 하버와 그의 연구진은 이 학문적 오아시스에서 잠시나마 보호받으며 새로운 성분들을 많이 발견했다. 그중 하나는 시안화물을 이용한 살충 훈증제였는데, 어찌나 독하던지 '사이클론'을 뜻하는 독일어 단어 '치클론'으로 명명되었다. 함부르크와 뉴욕을 오가는 선박에서 이蝨를 구제하려고 처음 치클론을 사용한 곤충학자들은 엄청난 효과에 어안이 벙벙했다. 그들은 하버에게 직접 편지를 보내 "극히 말끔한 해충 구제"에 찬사를 보냈다. 이 새로운 성공 덕에 하버는 해충방제위원장으로 승진하여 해군 잠수함의 빈대와 벼룩, 육군 막사의 쥐와 바퀴벌레를 박멸하는 사업을 지휘했다. 그는 플렌스부르크에서 프라이부르크까지 늘어선 저장탑에 보관된 정부 비축 밀가루를 공격하는 나방 부대와 싸웠는데, 자신의 상급자들에게 이 나방떼를 "독일 레벤스라움(생활권)의 안녕을 위협하는 성경 속 재앙"으로 묘사했다. 그들이 자신 같은 유대인을 무차별적으로 박해하기 시작했다는 사실은 알지 못했다.

하버는 스물다섯 살에 기독교로 개종했다. 그는 자신을 독일인으로 여겼고 독일의 관습에 속속들이 젖어 있었기 때문에 그의 아들들은 아버지로부터 독일을 벗어나야 한다는 말을 들을 때까진 자신들의 조상에 대해 아무것도 몰랐다. 하버는 아들들을 뒤따라 탈출하여 영국에서 망명을 신청했으나, 그가 화학전에서 결정적 역할을 했음을 아는 영국인 동료들에게 멸시당했다. 그는 도착한 지 얼마 지나지 않아 영국을 떠나야 했다. 그뒤로는 팔레스타인에 들어가려는 희망을 품고서 이 나라 저 나라 전전했다. 그의 가슴은 고통에 사로잡혔으며 그의 동맥은 심장에 충분한 혈액을 공급하지 못했다. 그는 1934년 바젤에서 관상동맥을 팽창시키는 데 필요한 니트로글리세린 약통을 움켜쥐고 세상을 떠났다. 자신의 활약으로 탄생한 살충제를 가지고서 나치가 몇 년 뒤 자신의 이복 여동생, 매부, 조카들을 비롯한 수많은 유대인을 살해할 것임은 알지 못했다. 그들은 가스실에 웅크린 채 근육이 경련하고 피부가 빨간색과 초록색 반점으로 덮이고 귀에서 피가 흘러나오고 입에서 거품을 토하며 죽었다. 몇 분 몇 초라도 더 숨쉬려고 젊은이들은 아이들과 늙은이들을 짓밟으며 알몸의 무더기를 기어올랐다. 치클론B는 천장 해치에서 투하되어 바닥에 고였기 때문이다. 환기가 시작되어 시안화물 구름이 흩어지자 시신들은 거대한 가마에 운반되어 소각되었다. 재는 구덩이에 묻히거나 강과 연못에 버려지거나 인근 논밭에 비료로 뿌려졌다.

프리츠 하버가 죽을 때 지니고 있던 몇 안 되는 소지품 중에는 아내에게 쓴 편지가 있었다. 편지에서 그는 견딜 수 없는 죄책감을 느낀다고 고백했다. 무수한 사람들의 죽음에 직간접적으로 관여했기 때문이 아니라 공기 중에서 질소를 뽑아내는 자신의 방법이 지구의 자연적 평형을 무지막지하게 교란하는 바람에 인류가 아니라 식물이 세계를 차지할까봐 두려웠기 때문이었다. 단 몇십 년 동안이라도 인구가 산업시대 이전으로 감소한다면 인류가 공급한 잉여 영양소 덕에 식물이 무한히 증식하여 지구에 두루 퍼지고 땅을 완전히 뒤덮어 모든 생명을 끔찍한 초록 아래 질식시킬 테니까.

슈바르츠실트
특이점

베를린 자택에서 차를 마시던 알베르트 아인슈타인에게 배달된 봉투는 1915년 12월 22일 제1차세계대전 참호에서 발송된 것이었다.

봉투는 화염에 휩싸인 대륙을 가로질렀다. 구겨지고 얼룩지고 흙이 묻었으며 한쪽 가장자리가 완전히 뜯겨져나갔다. 발신인 이름은 커다란 핏자국에 가려 보이지 않았다. 아인슈타인은 장갑을 끼고서 나이프로 봉투를 개봉했다. 안에 들어 있는 것은 진정한 천재의 마지막 불꽃을 담은 편지였다. 편지를 쓴 사람은 천문학자이자 물리학자이자 수학자이자 독일군 중위 카를 슈바르츠실트였다.

"아시다시피 전쟁이 제게 호의를 베푼 덕에 집중포화 속에

슈바르츠실트 특이점

서도 이 모든 소동을 벗어나 당신의 개념의 땅을 이렇게 거닐 수 있었습니다"라는 마지막 구절에 이르기까지 아인슈타인은 어안이 벙벙한 채로 읽어내려갔다. 독일에서 가장 존경받는 과학자 중 한 명이 러시아 전선에서 포대를 지휘하고 있었기 때문이 아니라, 다가올 재앙에 대한 친구의 알쏭달쏭한 경고 때문도 아니라, 편지지 뒷면에 쓰여 있던 것 때문이었다. 돋보기를 대고서야 간신히 분간할 수 있는 잔글씨는 일반상대성 방정식에 대한 최초의 정확한 해解였다.

아인슈타인은 몇 번을 다시 읽어야 했다. 내가 이론을 발표한 게 언제였더라? 한 달 전? 아니, 한 달도 안 된 것 같은데? 슈바르츠실트가 이토록 복잡한 방정식을 이토록 짧은 시간에 푼다는 것은 불가능했다. 방정식을 만든 자신조차도 근사해를 찾은 것이 고작 아니던가. 슈바르츠실트의 해는 정확했으며 항성의 질량이 주변의 시공간을 구부리는 방식을 완벽하게 기술했다.

아인슈타인은 방정식 해를 손에 들고서도 좀처럼 믿기지 않았다. 이 계산 결과는 그간 자신의 이론에 (너무 복잡하다는 이유로) 심드렁하던 학계의 관심을 끌어올리는 결정적 계기가 될 터였다. 당시 그는 자신의 방정식에 대한 정확한 해를 아무도, 적어도 자신의 생전에는 발견하지 못하리라며 체념한 지 오래였다. 슈바르츠실트가 박격포 포성과 독가스 구름 사이에서 해를 구했다는 것은 그야말로 기적이었다. "이렇게 단순한 공식으로 문제를 풀 수 있는 사람이 있으리라고는 예상하지 못했는걸!" 그는 마음을 추스리자마자 슈바르츠실트에게 답장을 보내 그의 결과를 학회에 제출하겠노라 약속했다. 자신이 죽은 사람에게 편지를 보내고 있다는 사실은 알지 못했다.

슈바르츠실트가 쓴 풀이법은 간단했다. 그는 회전하지 않고 전하가 없는 완벽한 구형의 이상적 항성을 가정한 다음 아인슈타인의 방정식을 대입하여 질량이 어떻게 (마치 침대에 내려놓은 포탄이 매트리스를 휘게 하는 것과 비슷하게) 공간의 형태를 바꾸는지 계산했다.

그의 수치가 어찌나 정확했던지 오늘날까지도 항성의 경로, 행성의 궤도, 중력이 큰 천체 근처를 지나는 광선의 휨 등을 추적하는 데 그의 공식이 쓰인다.

하지만 슈바르츠실트의 결과에는 무척이나 기묘한 무언가가 있었다.

슈바르츠실트 특이점

일반적인 항성의 경우는 아무 문제가 없었다. 공간은 아인슈타인의 예측대로 완만하게 휘어졌으며 항성 본체는 마치 해먹에 누운 두 아이처럼 함몰부 중앙에 떠 있었다. 문제는 거성이 연료를 다 써버려 붕괴하기 시작할 때처럼 너무 큰 질량이 매우 작은 면적에 집중될 때 일어났다. 슈바르츠실트의 계산에 따르면 그런 경우에는 시공간이 단지 휘어지는 것이 아니라 찢어진다. 항성이 짜부라들어 밀도가 계속 커지다 보면 중력이 너무 세지는 바람에 공간이 무한히 휘어져 스스로를 감싸고 만다. 그 결과는 우주의 나머지 부분과 영영 단절되어 빠져나갈 수 없는 심연이다.

사람들은 이를 슈바르츠실트 특이점이라고 불렀다.

처음에는 슈바르츠실트 본인조차 이 결과를 수학적 기현상으로 치부했다. 하긴 물리학은 종이 위의 숫자에 지나지 않는 것, 현실의 사물을 표상하지 않는 추상, 단순한 계산 착오로 가득하지 않던가. 그의 결과에 들어 있던 특이점은 실수, 기현상, 비현실적 환각 중 하나가 분명했다.

다른 원인은 상상할 수도 없는 것이었기 때문이다. 슈바르츠실트의 이상적 항성으로부터 일정한 거리 이내에서는 일반상대성 방정식이 이성을 잃고 미쳐 날뛰었다. 시간은 얼어 붙고 공간은 뱀처럼 똬리를 틀었다. 그 죽어가는 별의 중심에서는 밀도가 무한한 하나의 점에 모든 질량이 집중되었다. 슈바르츠실트가 알기로 그런 것이 우주에 존재할 수 있다는 것은 상상조차 할 수 없는 일이었다. 그것은 상식에 어긋나고 일반상대성의 신빙성에 의문을 던질 뿐 아니라 물리학의 토대 자체를 위협했다. 특이점 안에서는 시간과 공간이라는 개념 자체가 무의미해지기 때문이다. 슈바르츠실트는 자신이 만들어낸 역설의 논리적 해법을 찾으려고 시도했다. 내가 자만한 탓일까? 재기가 지나쳐 오히려 나 스스로 발등을 찍은 걸까? 하긴 현실에는 완벽하게 구형이고 조금도 움직이지 않고 전하가 아예 없는 항성 같은 것은 없으니까. 이 기현상은 현실에 존재할 수 없는 이상적 조건을 세상에 대입하려다 생긴 것이 분명해. 특이점은 상상 속 괴물에 불과하다고 그는 스스로에게 말했다. 종이호랑이, 중국의 용일 뿐이라고.

그럼에도 이 생각은 머릿속을 떠나지 않았다. 전쟁의 아수라장에서도 특이점은 얼룩처럼 그의 마음속에 퍼져 참호의 지옥도를 덮었다. 진흙 구덩이에 파묻힌 죽은 말의 눈에서, 동료 병사의 총상에서, 흉측한 가스 마스크의 뿌연 렌즈에서 그는 특이점을 보았다. 그의 상상력은 자신이 발견한 결과에 매혹되었다. 만에 하나 특이점이 존재한다면 그것은 우주의 종말까지 지속될 것임을 두려운 마음으로 깨달았다. 이상적 조건이 갖춰지면 그 항성은 영생하는 천체가 되어 커지지도 작아지지도 않으면서 영영 그대로 머물러 있을 터였다. 그것은 여느 천체와 달리 어떤 변화에도 영향을 받지 않았으며 이중으로 탈출이 불가능했다. 특이점은 기묘한 기하학적 공간을 만들어내 시간의 양끝에 자리잡았다. 특이점으로부터 가장 먼 과거로 달아나거나 가장 먼 미래로 탈출하더라도 다시 한번 특이점을 마주칠 뿐이었다. 슈바르츠실트는 자신의 발견을 아인슈타인에게 알리기로 한 바로 그날 러시아에서 아내에게 보낸 마지막 편지에서 자신의 내부에서 자라기 시작한 이상한 것에 대해 불평한다. "뭐라고 불러야 할지, 뭐라고 정의해야 할지 모르겠지만, 억누를 수 없는 힘으로 나의 모든 생각에 어둠을 드리워. 그건 형태나 차원이 없는 공허, 볼 순 없지만 온 영혼으로 느낄 수 있는 그림자야."

얼마 지나지 않아 그림자는 그의 몸을 침범했다.

질병은 입가의 물집 두 개에서 시작되었다. 한 달이 채 지나기 전, 물집은 그의 손, 발, 목구멍, 입술, 목, 성기를 덮었다. 두 달 뒤, 그는 죽었다.

군의관들은 천포창이라는 진단을 내렸다. 이것은 인체가 제 세포를 인지하지 못하고 격렬히 공격하는 질병이다. 아슈케나지 유대인은 이 병에 유난히 취약하다. 슈바르츠실트를 치료한 의사들은 몇 달 전 벌어진 가스 공격이 원인일지도 모른다고 그에게 말했다. 그때의 상황은 그의 일기에 남아 있다. "달이 하늘을 무척 빠르게 가로질렀다. 마치 시간이 빨라진 것 같았다. 우리 병사들이 무기를 채비하고 공격 명령을 기다렸지만 그 현상이 너무 기이하고 심란해서 나쁜 징조로 여겼다. 그들의 눈에서 두려움을 볼 수 있었다." 슈바르츠실트는 그들에게 달의 성질은 변하지 않았다고 말했다. 얇은 구름층이 달 앞을 지나가면서 달이 원래보다 더 크고 빠르게 보이는 착시 효과라고 말했다. 그는 자신의 아이들을 대할 때처럼 차근차근 설명했지만 그들을 설득할 수는 없었다. 전쟁이 시작된 뒤로 마치 세상이 낭떠러지 아래로 떨어지듯 모든 것이 더 빠르게 움직이기 시작했다는 느낌은 그 자신도 떨쳐버릴 수 없는 것이었다. 구름이 걷히자 기병 두 명이 전

속력으로 달려오는 광경이 보였다. 뒤로는 짙은 안개가 그들을 향해 파도처럼 밀어닥쳤다. 안개는 깎아지른 절벽처럼 단단하게 지평선을 가득 메웠다. 멀리서 볼 때는 가만히 있는 것 같았지만 금세 말발굽을 에워쌌으며 말과 병사는 땅바닥에 쓰러졌다. 경보가 참호에 울려퍼지자 슈바르츠실트는 겁에 질린 병사 두 명의 마스크 고무 끈을 조여주었다. 하지만 그가 미처 자신의 마스크를 쓰기 전에 가스 구름이 그들에게 내려앉았다.

전쟁이 발발했을 때 슈바르츠실트는 마흔 살이 넘었으며 독일에서 가장 저명한 천문대의 대장이었다. 둘 중 어느 이유로든 현역 복무를 면제받기에 충분했다. 하지만 슈바르츠실트는 조국을 사랑하고 명예를 아는 사람이었으며, 수천 명의 동료 유대인과 마찬가지로 애국심을 입증하고 싶었다. 그는 친구들의 충고와 아내의 경고에도 불구하고 자원입대했다.

전투의 잔인한 현실을 목격하고 현대전의 공포를 몸소 겪기 전까지만 해도 슈바르츠실트는 전우애를 느끼며 다시 젊어진 기분이었다. 그의 부대가 처음 전장에 배치되었을 때 그는 탱크의 시야를 개량하는 시스템을 고안했다. 누구의 요청도 없었지만 첫 망원경을 만들던 때와 같은 열정을 발휘하여 자유 시간에 부품을 뚝딱거렸다. 마치 몇 달간의 훈련이 어릴 적의 무한한 호기심에 다시 불을 붙인 듯했다.

어린 시절 그는 빛에 집착했다. 일곱 살 때는 아버지의 안경을 분해하여 렌즈를 돌돌 만 신문지 안에 넣고서 동생에게 토성의 고리를 보여주었다. 밤새 한잠도 자지 않고 하늘을 쳐다보았다. 구름이 자욱해도 개의치 않았다. 그의 아버지는 아들이 캄캄한 창공에 넋을 잃은 것이 걱정스러워 무엇을 찾고 있느냐고 물었다. 소년은 자신에게만 보이는 별이 구름 뒤에 숨어 있다고 말했다.

그는 말을 배운 이후로 천체 얘기만 했다. 그는 상인과 미술가 가문에서 배출된 첫 과학자였다. 열여섯 살에는 쌍성 궤도에 대한 논문을 저명 학술지 『아스트로노미셰 나흐리히텐(천문학 소식)』에 발표했다. 스무 살이 되기 전 가스 구름에서 파국적인 마지막 폭발에 이르는 별의 진화에 대해 글을 썼으며 별빛의 세기를 측정하는 독자적 체계를 고안했다.

그는 수학, 물리학, 천문학이 하나의 지식 체계를 이룬다고 확신했으며 독일이 고대 그리스에 필적하는 문명적 역량을 발휘할 수 있으리라고 믿었다. 하지만 그러려면 독일의 철학과 예술이 이미 도달한 수준으로 과학을 끌어올려야 했다. "성자, 광인, 신비가처럼 전체를 보아야만 우주의 진정한 조직 원리를 해독할 수 있을 것"이기 때문이었다.

그는 어릴 적에는 눈이 가운데로 몰리고 귀가 크고 코가 둥글고 입술이 가늘고 턱이 뾰족했는데, 성인이 되어서는 이마가 넓고 더 오래 살았다면 결국 대머리가 됐을 것임을 암시하듯 머리카락이 듬성듬성했으며 시선은 지적이었고 니체만큼 굵은 황제 수염 뒤에 짓궂은 미소를 숨기고 있었다.

그는 유대교 초등학교를 다녔으며, 욥기에서 야훼가 "북쪽을 허공에 펴시며 땅을 아무것도 없는 곳에 매다신"다는 구절의 진짜 의미가 무엇이냐는 등 랍비들이 답할 수 없는 질문을 던져 그들의 인내심을 시험했다. 공책의 여백에는 동급생들을 애먹인 산수 문제 옆에다 회전하는 액체의 평형을 계산해놓았으며 토성 고리의 장기적 안정성을 입증하려고 골머리를 썩였다. 거듭되는 악몽에서 토성의 고리가 흩어지는 것을 보고 또 보았기 때문이다. 그의 아버지는 아들의 강박을 덜어주기 위해 피아노 교습을 받게 했다. 어린 슈바르츠실트는 두번째 교습이 끝난 뒤 음의 기본 원리를 이해하고 싶어서 피아노 뚜껑을 열고는 현을 풀었다. 그가 읽었던 요하네스 케플러의『하르모니케스 문디(세계의 조화)』에는 각 행성이 태양을 공전하면서 가락을 만들어내며 우리의 귀는 이 천구의 음악을 분간할 수 없지만 인간의 정신은 해독할 수 있다는 견해가 담겨 있었다.

그는 지칠 줄 모르고 놀라워했다. 대학생 때는 융프라우 요흐에 올라가 개기 일식을 관측했는데, 이 현상을 설명하는 메커니즘을 알고 있었음에도 달처럼 작은 천체가 유럽 전역을 깊디깊은 어둠으로 덮을 수 있다는 것이 도무지 믿기지 않았다. 그는 함부르크에서 화가로 일하는 동생 알프레트에게 보낸 편지에 이렇게 썼다. "가장 작은 아이조차 손가락 하나로 태양을 가릴 수 있다니 우주는 얼마나 신기하고 광학과 원근법의 법칙은 얼마나 변덕스러운가!"

슈바르츠실트는 박사 논문에서 위성이 모행성母行星의 중력에 의해 변형되는 정도를 계산했다. 이를테면 달이 지구의 바다에 조석潮汐을 일으키는 것과 마찬가지로 지구의 질량 또한 달 표면을 가로지르는 조석을 일으킨다. 이 때문에 달에는 암석의 파도가 4미터 높이로 지각에 퍼져 있다. 두 천체는 서로 끌어당겨 회전 주기를 정확히 일치시키는데, 달은 자전 속도와 공전 속도가 같기 때문에 뒷면은 영영 우리의 시선으로부터 숨겨져 있다. 1959년 소련의 탐사선 루나3호가 최초로 사진 촬영을 하기 전까지만 해도 달의 뒷면은 인류의 탄생 이후로 줄곧 미지의 영역이었다.

슈바르츠실트가 쿠프너 천문대에서 수습으로 있을 때 오리온의 어깨 바로 옆에 있는 마차부자리의 쌍성 중 한쪽이 신성이 되어 며칠 동안 하늘에서 가장 밝게 빛났다. 쌍성 중 백색왜성이 연료를 다 써버린 뒤 억겁의 시간 동안 잠들어 있다가 주성主星인 적색거성의 가스를 끌어당기기 시작하여 대폭발과 함께 소생한 것이다. 슈바르츠실트는 사흘 밤낮을 한잠도 자지 않고 이 현상을 관측했다. 별의 파국적 죽음을 이해하는 것은 인류의 미래 생존에 꼭 필요한 일처럼 느껴졌다. 저런 별들 중 하나가 지구 근처에서 폭발하면 지구 대기를 모조리 태워버리고 모든 생명을 절멸시킬 테니 말이다.

스물여덟번째 생일 이튿날 그는 독일의 최연소 대학교수가 되었다. 필수 조건인 기독교 세례를 거부했는데도 괴팅겐 대학교 천문대 대장으로 임명되었다.

1905년 그는 개기 일식을 관찰하러 알제리에 갔는데, 최대 노출 시간을 넘기는 바람에 왼쪽 눈의 각막이 손상되었다. 몇 주째 쓰고 있던 안대를 벗자 시야에 2마르크 동전 크기의 음영이 박혀 있었다. 음영은 눈을 감아도 뚜렷이 보였다. 의사들은 손상을 돌이킬 수 없다고 말했다. 영구 실명이 천문학자로서의 경력에 타격을 줄까봐 걱정하는 친구들에게 그는 반농담조로 자신이 오딘처럼 한쪽 눈을 잃은 대가로 다른 쪽 눈으로 더 멀리 볼 수 있게 되었다고 말했다.

그 사건이 자신의 능력에 아무런 영향을 미치지 못했음을 입증하기라도 하듯 그해 슈바르츠실트는 신들린 사람처럼 일하며 논문을 쏟아냈다. 복사에 의한 항성 간 에너지 이동을 분석하고 태양 대기의 평형을 연구하고 천체 이동 속도의 분포를 기술하고 복사 전달을 모델링하는 메커니즘을 제안했다. 아서 에딩턴은 그를 게릴라 지휘관에 비유했다. "그의 공격은 가장 예상치 못한 곳을 겨냥했으며 그의 기쁨은 지식의 초원을 자유롭게 누비는 것이었다." 슈바르츠실트가 광적인 열정으로 학문적 성과를 쏟아내는 데 놀란 동료들은 내면의 불이 그를 살라버릴까봐 좀 쉬엄쉬엄하라고 조언했다. 하지만 슈바르츠실트는 귀담아듣지 않았다. 그는 물리학에 만족할 수 없었다. 연금술사들이 추구한 지식과 같은 무언가를 열망했으며 자신조차 온전히 설명할 수 없는 기묘한 긴박감에 휩싸인 채 고투했다. "나는 종종 하늘에 온전히 충성하지 못했다. 나의 관심은 결코 달 너머 우주에 있는 것들에 국한되지 않았으며, 오히려 그 사이로 누벼진 실들을, 인간 영혼의 가장 어두운 구석을 좇았다. 그곳이야말로 과학의 새로운 빛이 비쳐야 하는 곳이기 때문이다."

슈바르츠실트는 무엇을 하든 극한까지 몰아붙였다. 동생 알프레트의 초대로 알프스산맥을 탐사하다가 빙하를 건너는 가장 위험한 구간에서 가이드에게 로프를 느슨하게 하라고 명령하여 전 대원을 위험에 빠뜨렸는데, 단지 동료 두 명에게 다가가 영구 동토대에 피켈로 방정식을 새겨 자신들이 함께 씨름하던 문제를 풀기 위해서였다. 알프레트는 대학 시절 주말마다 형과 함께 슈바르츠발트 산악 지대를 탐사했지만, 이번에는 형의 무모함에 격분하여 그뒤로 다시는 함께 등반하지 않았다. 형의 집착이 얼마나 심한지는 진작에 알고 있었다. 졸업하던 해 두 사람은 하르츠산맥 최고봉인 브로켄산 암봉에서 눈보라로 발이 묶였다. 얼어 죽지 않으려면 피신처를 만들어 어릴 적처럼 부둥켜안고 자야 했다. 두 사람은 호두를 먹으며 목숨을 부지했으나 물이 동나고 눈을 녹일 성냥도 다 써버리자 한밤중에 하산을 결행해야 했다. 별빛만이 그들의 길을 밝혀주었다. 알프레트는 무사히 하산하기는 했지만 겁에 질려 도중에 연신 발을 헛디뎠다. 반면에 형 카를은 마치 어둠 속에서도 길이 보이는 듯 단 한 번도 발을 헛디디지 않았지만 추위로 오른손 신경이 손상되었다. 타원 곡선의 수열에 대한 계산을 수정하느라 번번이 장갑을 벗었기 때문이다.

슈바르츠실트는 실험할 때에도 언제나처럼 충동적이었다. 한 기구에서 부품을 빼내 다른 기구에 넣고도 기록을 전혀 남기지 않았다. 조리개가 급히 필요하면 다짜고짜 렌즈 뚜껑에 구멍을 뚫었다. 그가 포츠담 천문대를 맡아 괴팅겐을 떠난 뒤 후임자는 임기가 시작되기도 전에 사직할 뻔했다. 슈바르츠실트 밑에서 설비들이 얼마나 혹사당했는지 보려고 물품을 점검하다가 가장 큰 망원경의 초점면 안쪽에서 렌즈에 그려진 밀로의 비너스를 발견한 것이다. 비너스 여신은 팔의 윤곽선이 카시오페이아자리의 별들과 겹치도록 맞추어져 있었다.

그는 여성을 대할 때 무척 수줍어했다. 여학생들이 그를 따르면서 "반짝이는 눈을 가진 교수님"이라고 불렀음에도, 미래의 아내 엘제 로젠바흐에게 두번째로 청혼할 때까진 그녀에게 입맞출 엄두도 내지 못했다. 엘제가 첫번째 청혼을 거절한 것은 자신에 대한 그의 관심이 오로지 지적인 것일까봐서였다. 슈바르츠실트는 어찌나 소심했던지 오랜 교제 기간 동안 그녀를 단 한 번 만졌는데 그것조차 실수였다. 그녀가 소형 자작 망원경 렌즈를 들여다보며 북극성에 초점을 맞추도록 도와주다가 얼떨결에 가슴에 손을 얹은 것이 전부였다. 두 사람은 1909년 결혼하여 딸 아가타, 아들 마르틴과 알프레트를 낳았다. 딸은 고전을 공부하여 그리스 철학 전문가가 되었고 큰아들은 프린스턴대학교 천체물리학과 교수가 되었으나, 부정맥과 영구 동공산대瞳孔散大(검은색 눈동자가 크게 확대되는 상태—옮긴이)를 타고난 작은아들은 평생 여러 차례 신경 쇠약을 겪다가 유대인 박해가 시작된 뒤 독일을 탈출하지 못하게 되자 스스로 목숨을 끊었다.

예민한 사람이 으레 그렇듯 슈바르츠실트는 제1차세계대전이 가까워지자 재앙이 임박했다는 생각에 사로잡혔다. 그의 경우 이런 생각은 물리학이 항성의 운동을 설명하지 못하거나 우주에서 질서를 발견하지 못하리라는 독특한 두려움의 형태로 나타났다. "참으로 정지한 것, 우주의 회전 중심에서 멈춰 있는 것이 있을까? 아니면 우주 만물 하나하나가

매여 있는 듯한 이 끝없는 운동의 사슬 가운데에서 붙잡을 것은 아무것도 없는 것일까? 인간의 상상력이 닻을 내릴 단 하나의 장소도 찾지 못한다면, 세상에서 단 하나의 돌멩이도 정지 상태로 간주될 권리가 없다면 우리가 불확실성 속으로 얼마나 빠져든 것일지 그저 상상해보라!" 슈바르츠실트는 새로운 코페르니쿠스의 도래를 꿈꿨다. 천체 역학의 복잡성을 모델링할 수 있고 별들이 창공에 그리는 복잡한 궤도를 결정하는 패턴을 밝혀낼 수 있는 사람을 기다렸다. 그 반대의 상황은 감당할 수 없는 것이었다. "기체 분자가 완전히 불규칙한 방식으로 한 장소에서 다른 장소로 떠다니며 그 혼란 자체가 원리로 등극하듯" 무작위 우연에 휘둘리는 생명 없는 구들이 전부일 수는 없었다. 포츠담에서 그는 200만 개 넘는 항성의 운동을 최대한 정확하게 추적하고 기록하기 위해 동료들과 거대한 연락망을 구축했다. 그의 바람은 항성 궤도의 논리를 이해하는 것만이 아니라 그것이 우리를 어디로 이끌 것인지 해독하는 것이었다. 중력으로 묶인 두 천체의 운동은 뉴턴 법칙으로 정확히 알 수 있지만 세번째 천체가 더해지면 예측이 불가능해지기 때문이다. 슈바르츠실트는 우리 태양계가 장기적으로 보면 완전히 불안정하다고 생각했

슈바르츠실트 특이점

다. 현재의 질서가 백만 년이나 십억 년 유지될지도 모르지만, 시간이 흐르면서 행성들이 궤도에서 이탈하고 거대한 기체 행성이 이웃 행성들을 집어삼키고 급기야 지구가 태양계에서 추방되어 (만일 우주의 형태가 비평면이 아니라면) 방랑하는 별처럼 시간의 끝까지 떠돌아다닐 테니 말이다. 슈바르츠실트는 아인슈타인을 예견이라도 하듯 우주의 기하학적 형태가 3차원 상자라기보다는 구부리고 짜부라뜨릴 수 있는 무언가라는 가설을 제시했다. 「공간의 허용 곡률」이라는 논문에서 그는 우리가 반구형 우주에 살고 있어서 세계가 우로보로스처럼 스스로에게 말려들어갈 가능성을 분석했다. "우리는 요정 나라 기하학을 맞닥뜨릴 것이다. 그 거울 방의 끔찍한 광경은 문명인의 정신이 견딜 수 있는 한계를 넘어설 것이다. 그 정신은 이해하지 못하는 모든 것을 혐오하고 달아나기 때문이다." 1910년 그는 별들의 색깔이 다르다는 것을 발견했으며 최초로 그 색깔들을 분석했다. 이 연구에 쓰인 특수 카메라의 제작을 도와준 포츠담 천문대의 수위는 그곳에서 일하던 단 두 명의 유대인 중 한 명이었으며 종종 그와 함께 새벽까지 술을 마셨다. 슈바르츠실트는 이 카메라를 수위의 빗자루에 매달아 빙글빙글 돌리며 여러 각도에서 사진을 촬영하여 우리의 태양보다 몇백 배 큰 괴물 항성인 적색 거성의 존재를 입증했다. 그가 특히 좋아한 적색거성인 안타레스는 루비색이었다. 아랍인들은 이 별을 칼브 알아크라브, 즉 전갈의 심장이라고 불렀으며 그리스인들은 전쟁신 아레스의 유일한 적수로 여겼다. 4월에 슈바르츠실트는 핼리 혜성의 귀환을 촬영하기 위해 테네리페섬 원정대를 꾸렸다. 핼리 혜성은 예부터 나쁜 징조로 여겨졌는데, 기원후 66년 역사가 플라비우스 요세푸스는 "칼을 닮은 별"로 묘사하면서 이 혜성이 로마인의 예루살렘 파괴를 경고하려고 찾아왔다고 말했으며 1222년의 출현은 칭기즈칸이 유럽을 침공하는 계기가 되었다. (이번에는 여섯 시간에 걸쳐 지구와 교차한) 혜성의 긴 꼬리가 언제나 태양의 반대 방향을 향한다는 사실은 슈바르츠실트에게 매혹적이었다. "천국에서 추방당해 떨어지고 떨어지고 또 떨어지는 천사처럼 맹렬하게 저 꼬리가 끌어당겨지는 것은 어떤 바람 때문인가?"

4년 뒤 전쟁이 발발하자 슈바르츠실트는 누구보다 먼저 자원했다.

그가 배속된 부대는 벨기에 나무르를 포위하고 있었다. 천

년 된 이 도시를 고리처럼 둘러싼 요새를 무너뜨리기 위해 독일군이 포격을 벌이고 있었는데, 이 포격을 지원하는 게 그의 임무였다. 슈바르츠실트는 기상대에서 훈련받고서 공격을 지휘하게 되었다. 독일군의 진격을 가로막은 것은 경고 없이 솟아오른 안개였다. 어찌나 짙던지 한낮이 한밤 같았다. 양측은 어둠에 휩싸였으며 아군을 쏠까봐 감히 공격하지 못했다. 슈바르츠실트는 안개의 영향을 상쇄하거나 적어도 안개가 언제 피어오를지 예측하려고 노력했는데, 일주일 뒤 아내에게 보낸 편지에 이렇게 썼다. "이 나라의 기이하고 혼란스러운 기후는 대체 어떻게 우리의 지식과 통제력에 이토록 완강하게 저항하는 걸까?" 그가 임무에 실패하자 그의 상관은 부대를 안전한 곳까지 후퇴시킨 뒤에 탄약 낭비나 민간인 피해에도 아랑곳없이 대규모 무차별 포격을 가했다. '디케 베르타(거구의 베르타)'라는 별명으로 불린 대형 곡사포는 42센티미터 포탄을 퍼부어 로마 제국 시절부터 굳건히 서 있던 성채를 돌무더기로 만들었다.

슈바르츠실트는 그곳에서 5군 포병 연대로 전출되었다. 부대는 프랑스 전선을 마주보는 아르곤숲에서 참호 속에 주둔해 있었다. 그가 장교들에게 자기소개를 하자, 그들은 겨자

가스를 채운 포탄 2만 5000개의 탄도를 계산하라고 명령했다. 한밤중에 프랑스 진영에 떨어뜨릴 계획이었다. "그들은 적군의 뒤에 이글거리는 불길을 지피기 위해 바람과 폭풍의 방향을 예측하라고 명령한다. 그들은 우리의 포탄을 적에게 명중시킬 이상적 탄도를 알고 싶어하지만, 우리 모두를 몰락시킬 타원은 보지 못한다. 우리가 승리에 점점 다가가고 있으며 종전이 머지않았다는 장교들의 말에 신물이 난다. 그들은 올라가면 떨어질 일만 남았음을 이해하지 못하는 걸까?"

전쟁의 살육 와중에도 그는 연구를 놓지 않았다. 군복 안쪽 가슴 근처에 수첩을 가지고 다녔으며, 중위로 승진하자 새로 얻은 특권을 활용하여 최신 물리학 학술지를 독일에서 보내달라고 요청했다. 그러다 1915년 11월 『물리학 연보』 제39호에 발표된 일반상대성 방정식을 읽고서 해를 구하기 시작하여 한 달 뒤 아인슈타인에게 풀이를 보냈다. 그 순간으로부터 그는 필기 습관조차 바뀔 정도의 변화를 겪었다. 글자는 점점 작아지다 급기야 알아볼 수 없을 지경에 이르렀다. 그의 일기와 아내에게 보낸 편지를 보면 처음의 애국적 열정은 전쟁의 무의미함에 대한 격한 불만과 동료 장교들의 무지함에 대한 경멸로 바뀌었다. 계산이 특이점에 가까워질

슈바르츠실트 특이점

수록 불만과 경멸은 커져만 갔다. 마침내 특이점에 도달했을 때 그는 다른 것은 아무것도 생각할 수 없었다. 연구에 몰두하느라 적의 공격을 미처 피하지 못했을 때 머리에서 몇 미터 떨어진 곳에서 박격포탄이 폭발했다. 아무도 그가 어떻게 살아남았는지 이해할 수 없었다.

그는 겨울이 오기 전에 동부 전선으로 이송되었다. 그가 만난 병사들은 끔찍한 민간인 학살, 약탈, 강간, 추방의 소문을 주고받았다. 하룻밤에 도시 하나가 쑥대밭이 되기도 했다. 전략적 가치가 없는 도시들은 마치 한 번도 존재하지 않았던 것처럼 지도에서 사라졌다. 잔학 행위는 어떤 전쟁 논리도 따르지 않았다. 양편 중 어느 쪽에 책임이 있는지 도무지 알 수 없을 때도 많았다. 멀찍이서 오들오들 떨며 겁에 질려 달아나지도 못하는 비쩍 마른 개를 아군 병사들이 표적 삼아 연습하는 것을 보고서 슈바르츠실트의 내면에서 무언가가 부서졌다. 그의 그림은 더는 동료들의 일상이나 (앞으로 나아갈수록 쌀쌀해지고 혹독해지던) 전원 풍경을 묘사하지 않았다. 목탄의 굵은 선과 검은 나선은 페이지를 가득 채우고도 모자라 밖으로 뻗어나갔다. 11월 말 그의 부대는 벨라루스 코사바 외곽에 주둔한 10군에 합류했다. 그곳에서 그는 포츠담대학교 시절의 동료 아이나르 헤르츠스프룽에게 편지를 보냈는데, 편지에는 특이점 방정식의 초고, 피부에 나타나기 시작한 물집의 묘사, 전쟁이 독일인의 영혼에 미친 음습한 영향에 대한 장황한 서술이 들어 있었다. 슈바르츠실트는 여전히 독일을 사랑했지만 자신의 조국이 심연의 가장자리에서 비틀거리는 것을 보았다. "우리는 문명의 정점에 도달했네. 이제 남은 것은 몰락하고 무너지는 것뿐일세."

천포창, 급성괴사궤양치은염. 그는 식도에 물집이 잡혀 단단한 음식을 삼킬 수 없었다. 입안과 목구멍의 물집은 물을 마실 때마다 뜨거운 석탄처럼 화끈거렸다. 슈바르츠실트는 의사들에게서 휴가를 허락받았지만, 정신의 광적 속도를 주체하지 못하고 일반상대성 방정식 연구를 계속했다. 질병이 몸을 집어삼키는 속도가 빨라질수록 정신의 속도도 빨라졌다. 그는 평생 112건의 논문을 발표했는데, 사실상 20세기의 어느 과학자보다 많았다. 그가 종잇장에 쓴 마지막 논문들은 바닥에 놓여 있었다. 엎드려 누워 침대 밖으로 늘어뜨린 팔은 물집이 터지면서 생긴 딱지와 고름집으로 덮여 있었다. 몸은, 말하자면, 전쟁으로 만신창이가 된 유럽의 축소판으로 변해 있었다. 그는 고통을 잊으려고 상처의 모양과 분포, 물집에 들어찬 체액의 표면 장력, 터질 때까지의 평균 시간을 기록했지만, 자신의 방정식이 열어젖힌 공허로부터 마음을 떼어놓을 수 없었다.

그는 탈출구나 자기 논리의 오류를 찾고자, 특이점을 설명하기 위한 계산으로 공책 세 권을 채웠다. 마지막 공책에서 슈바르츠실트는 어느 물체이든 그 물질을 충분히 제한된 공간 속에 압축하면 특이점이 생길 수 있음을 추론해냈다. 태양은 3킬로미터, 지구는 8밀리미터, 평균적 인체의 질량은 0,0000000000000000000000001센티미터로 압축하면 된다.

그의 공식에서 예측되는 공허 속에서 우주의 기본 매개변수들은 성질이 뒤바뀌었다. 공간은 시간처럼 흘렀고 시간은 공간처럼 늘어났다. 이 왜곡은 인과 법칙을 바꿨다. 슈바르츠실트는 가상의 여행자가 이 텅 빈 구간을 지나고도 살아남을 수 있다면 미래로부터 빛과 정보를 받아 아직 일어나지 않은 사건들을 볼 수 있으리라고 추론했다. 중력에 찢어발겨지지 않고서 심연의 핵심에 도달할 수 있다면 그 여행자는 마치 만화경에서 보듯 두 개의 서로 다른 이미지가 자기 머리 위의 작은 원에 한꺼번에 중첩되어 투사되는 것을 볼 것이다. 한 이미지에서는 상상할 수 없는 속도로 전개되는 우주의 미래 진화를 통째로 인식할 것이며 다른 이미지에서는 과거가 하나의 찰나로 얼어붙은 것을 볼 것이다.

기현상은 특이점의 내부에 국한되지 않았다. 특이점 주변에는 한계가 존재했는데, 이 장벽은 돌아올 수 없는 지점을 의미했다. 이 선을 넘으면 행성 전체로부터 작디작은 아원자 입자에 이르기까지 모든 물체가 영영 사로잡힐 것이다. 마치 바닥 없는 구덩이에 떨어진 것처럼 우주에서 사라질 것이다.

수십 년 뒤 이 한계는 슈바르츠실트 반지름으로 명명되었다.

슈바르츠실트가 세상을 떴을 때 아인슈타인은 추도사를 작성하여 그의 무덤 앞에 모인 소수의 사람들 앞에서 낭독했다. "그는 다른 사람들이 달아날 때 문제들에 맞서 싸웠습니다. 자연의 여러 측면들 사이에서 관계를 발견하는 일을 좋아했으나, 그의 탐색을 이끈 것은 기쁨, 예술가가 느끼는 쾌감, 미래라는 직물을 짜는 실들을 분간할 수 있는 선각자의 현기증이었습니다." 조문객 중에서 슈바르츠실트의 위대한 발견이 그 자신에게 얼마나 고통스러웠는지 짐작한 사람은 아무도 없었다. 방정식이 특이점에 배어들어 무한이 유일

슈바르츠실트 특이점

한 결과로 등장할 때 무슨 일이 일어날지는 아인슈타인 자신
조차 상상하지 못했으니까.

젊은 수학자 리하르트 쿠란트는 슈바르츠실트와 직접 이
야기한 최후의 인물이었으며 특이점이 이 천체물리학자의
정신에 미친 영향을 증언할 수 있는 유일한 인물이었다.

쿠란트는 라바루스카에서 부상당해, 군병원에서 슈바르츠
실트를 만났다. 이 젊은이는 당시 독일에서 가장 유력한 수
학자 중 한 명이던 다비트 힐베르트의 조수였기에 슈바르츠
실트의 얼굴이 상처로 일그러졌어도 한눈에 알아보았다. 쿠
란트는 이렇게 저명한 지적 거인이 어떻게 해서 이렇게 위험
한 곳에 보내졌는지 납득할 수 없어 쭈뼛거리며 그에게 다가
갔다. 슈바르츠실트 중위의 눈은 전투로 인해 흐릿해졌으나
힐베르트가 구상하는 개념에 대해 듣는 순간 반짝거리더라
고 쿠란트는 일기에 썼다. 두 사람은 밤새 이야기를 나눴다.
새벽녘에 슈바르츠실트는 자신이 파국을 발견한 것 같다고
말했다.

슈바르츠실트에 따르면 질량의 밀도가 가장 높아질 때 무
엇보다 두려운 것은 공간의 형태가 달라진다거나 시간에 기
묘한 영향을 미친다거나 하는 것이 아니었다. 진짜 두려운 것

은 특이점이 맹점이며 기본적으로 불가지不可知라는 사실이라고 그는 말했다. 빛은 특이점에서 결코 탈출할 수 없으므로 우리의 눈은 특이점을 볼 수 없다. 우리의 정신 또한 특이점을 이해할 수 없다. 특이점에서는 일반상대성 법칙이 여지없이 무너지기 때문이다. 물리학은 아무 의미도 없어진다.

쿠란트는 넋을 잃고 귀를 기울였다. 쿠란트가 의사들에게 진료받은 뒤 호송대에 합류하여 베를린으로 떠나기 직전 슈바르츠실트는 평생 쿠란트를 괴롭힐 질문을 던졌다. 당시에는 죽어가는 군인의 헛소리요, 피로와 절망에 시달린 슈바르츠실트의 정신을 스멀스멀 사로잡은 광기의 산물인 줄 알았지만.

슈바르츠실트가 떨리는 목소리로 물은 것은 이것이었다. 물질이 이런 종류의 괴물을 낳는 경향이 있다면 그것은 인간 정신과도 상관관계가 있을까? 인간 의지가 충분히 집중되면, 수백만 명의 정신이 하나의 정신 공간에 압축되어 하나의 목적에 동원되면 특이점에 비길 만한 일이 벌어질까? 슈바르츠실트는 그런 일이 가능할 뿐 아니라 조국에서 실제로 벌어지고 있다고 확신했다. 쿠란트는 그를 달래려 애썼다. 슈바르츠실트가 두려워하는 종말의 징조는 전혀 보지 못했으며 자신들이 빠져든 전쟁보다 나쁜 일은 일어날 리 없다고 말했다. 인간 영혼은 어떤 수학적 수수께끼보다도 큰 신비이며 물리학의 발견을 정신처럼 방대한 영역에 투사하는 것은 현명하지 못하다고 상기시켰다. 하지만 슈바르츠실트에게는 위로가 되지 않았다. 그는 검은 태양이 지평선 위로 올라와 온 세상을 집어삼킬 거라고 횡설수설했으며 자신이 할 수 있는 일은 아무것도 없다고 탄식했다. 특이점은 어떤 경고도 발하지 않기 때문이라고. 돌아올 수 없는 지점, 한번 넘으면 무지막지하게 끌려들어갈 수밖에 없는 한계에는 어떤 표시도 경계도 없다고. 그 선을 넘는 사람은 희망을 가질 수 없다고. 모든 가능한 궤적이 돌이킬 수 없이 특이점으로 이어지기에 그들의 운명은 정해져 있다고. 슈바르츠실트가 눈에 핏발이 선 채 물었다. 그 문턱의 성질이 이렇다면 우리가 이미 특이점에 들어섰는지는 어떻게 알 수 있을까?

쿠란트는 독일로 돌아갔다. 슈바르츠실트는 그날 오후 사망했다.

* * *

슈바르츠실트의 개념이 상대성 이론의 필연적 결과임을 학계가 받아들인 것은 20년도 더 지난 뒤였다.

슈바르츠실트가 불러낸 악마를 물리치려고 가장 격렬히 싸운 사람은 다름 아닌 아인슈타인이었다. 1939년 그는 「많은 중력 질량으로 구성된 구면 대칭의 정지계에 대하여」라는 논문을 발표하여 슈바르츠실트가 서술한 것과 같은 특이점이 왜 존재할 수 없는지 설명했다. "특이점이 생겨날 수 없는 것은 물질이 아무렇게나 집중될 수 없다는 간단한 이유 때문이다. 또한 이것은 그렇지 않을 경우 물질을 구성하는 입자가 빛의 속도에 도달할 것이라는 사실 때문이다." 아인슈타인은 특유의 지성을 발휘하여 자기 이론의 내적 논리에 기대 시공간 구조의 균열을 보수하고 우주를 파국적 중력 붕괴로부터 보호하려 했다.

하지만 20세기의 가장 위대한 정신이 내놓은 계산은 틀렸다.

1939년 9월 1일, 나치의 탱크들이 폴란드 국경을 넘은 바로 그날 로버트 오펜하이머와 하틀랜드 스나이더는 『피지컬 리뷰』 제56권에 논문을 발표했다. 논문에서 미국의 두 물리학자는 의심할 여지 없는 입증을 제시했다. "모든 열핵 에너지원이 소진되면 충분히 무거워진 항성은 붕괴할 것이다. 분열이나 회전, 복사 때문에 질량이 감소하지 않는다면 이 수축은 무한히 계속될 것이다." 그러면 슈바르츠실트가 예언한 대로 공간을 종잇장처럼 구기고 시간을 촛불처럼 끌 수 있는 블랙홀이 형성되며, 이것은 어떤 자연법칙이나 물리적 힘으로도 막을 수 없다.

심장의 심장

2012년 8월 31일 오전 일본의 수학자 모치즈키 신이치는 자신의 블로그에 논문 네 편을 발표했다. 600쪽에 이르는 이 논문들에는 정수론에서 가장 중요한 추론 중 하나인 'a+b=c'의 증명이 실려 있었다.

이날까지도, 그의 증명을 이해한 사람은 아무도 없다.

모치즈키는 오랫동안 완전한 고립 속에서 작업하며 그때껏 알려진 어떤 이론과도 닮은 점이 전혀 없는 수학 이론을 수립했다.

그는 자신의 발견을 블로그에 업로드한 뒤에 어떤 홍보 활동도 하지 않았으며 전문 학술지에 투고하거나 학회에서 발표하지도 않았다. 논문의 존재를 맨 처음 알게 된 사람 중에는 교토대학 수리해석연구소의 동료 다마가와 아키오가 있었는데, 그는 논문을 노팅엄대학교의 정수학자 이반 페셴코에게 보내면서 이메일에 질문 하나를 덧붙였다.

"모치즈키가 'a+b=c'를 풀었을까요?"

페셴코는 대용량 파일 네 개를 컴퓨터에 저장하는 동안 조바심을 가눌 수 없었다. 10분 동안 모니터에서 눈을 떼지 못하며 논문을 전부 내려받은 뒤 증명을 연구하기 위해 2주간 두문불출하며 식사는 포장 음식으로 때우고 잠은 피곤해서 못 견디겠을 때만 잤다. 그가 다마가와에게 보낸 답장은 세 어절이었다.

"이해하는 것이 불가능하군요."

모치즈키가 논문을 발표한 지 1년 뒤인 2013년 12월, 세계에서 가장 저명한 수학자 여러 명이 증명을 연구하기 위해 옥스퍼드에 모였다. 세미나가 시작되고 며칠 동안은 열의가 넘쳤다. 일본인 수학자 모치즈키의 모호한 논리가 이해력에 굴복하기 시작했으며 사흘째 밤 커다란 진전이 있으리라는 소문이 인터넷 토론방과 전문 웹사이트에 퍼졌다.

나흘째 모든 것이 무너졌다.

일정한 시점이 지나자 아무도 증명의 논증을 더는 따라갈 수 없었다. 지구상에서 가장 위대한 수학적 정신의 소유자들은 당혹감을 감출 수 없었으며 그들을 도와줄 수 있는 사람은 아무도 없었다. 모치즈키가 세미나 참석을 거부했기 때문이다.

모치즈키 신이치가 자신의 추론을 증명하려고 만들어낸 새로운 수학 분야가 너무 기이하고 추상적이고 시대를 앞선 탓에 위스콘신대학교 매디슨 캠퍼스에서 온 이론수학자는 미래에서 온 논문을 연구하는 것 같다고 말하기까지 했다. "내가 알기로 이 논문을 접한 사람들은 다들 매우 논리적이지만, 논문을 읽은 뒤에는 어떤 식으로 표현해야 할지 갈피를 잡지 못한다."

모치즈키의 체계를 부분적으로나마 이해할 만큼 따라갈 수 있었던 소수의 사람들은 이 체계가 첫눈에 보이지 않는 숫자들 사이의 기본적 관계들로 이루어졌다고 말한다. 모치즈키는 블로그에 이렇게 썼다. "연구자들이 내 연구를 이해하고 싶다면 우선 자신들의 뇌에 주입되어 오랜 세월 동안 당연하게 여겨진 사고 패턴들을 비활성화해야 한다."

    모치즈키는 도쿄에서 태어났으며 어릴 적부터 뛰어난 집중력으로 유명했다. 친구들은 초인적 집중력이라고 말했다. 그는 어린아이일 때 함구증을 앓았는데, 청소년기 내내 점점 심해지더니 아예 거의 입을 열지 않는 지경에 이르렀다. 남들의 시선을 견딜 수도 없었으며 걸을 때는 눈을 내리깔았다. 이 습관 때문에 등이 약간 굽었지만, 그의 잘생긴 외모는 여전했다. 훤한 이마, 커다란 안경, 뒤로 빗어 넘긴 검은 머리카락 때문인지 슈퍼맨의 분신 클라크 켄트와 기이할 정도로 닮았다.

    그는 열여섯 살에 프린스턴대학교에 입학했으며 스물세 살에 박사 학위를 받았다. 하버드대학교에서 2년을 보낸 뒤 일본으로 돌아와 교토대학 수리해석연구소의 교수 자리를 받아들였는데, 조건은 강의 의무를 전혀 지지 않고 연구에만 전념하게 해달라는 것이었다. 2000년대 초부터는 국제 학회에도 참석하지 않았다. 그뒤로 그의 삶은 점점 쪼그라들었다. 처음에는 일본 밖으로 나가지 않다가 그다음에는 교토부 안에만 머물렀으며 급기야 아파트와 자그마한 대학교 연구실을 오가는 좁은 길을 한 번도 벗어나지 않았다.

절의 내부처럼 단아한 그의 연구실 창문에서는 다이몬지 산이 보인다. 1년에 한 번 오본 축제 때 승려들은 그 산에서 양팔을 뻗은 사람 모양의 거대한 한자—大—를 태운다. 이 글자는 '거대하다, 크다, 기념비적이다'라는 뜻으로, 어마어마한 호언장담을 표현할 때 쓰인다. 모치즈키는 자신의 새 수학 분야를 바로 이런 식으로 명명했는데, '우주적 타이히뮐러 이론'이라는 이름에는 겸양이나 농담의 기미가 전혀 없었다.

'a+b=c' 추론은 수학의 뿌리에 가닿는다. 그것은 정수의 덧셈 성질과 곱셈 성질 사이에 심오한 뜻밖의 관계가 있다는 주장이다. 만일 증명된다면 이 추론은 수많은 해묵은 난제를 마치 마법처럼 해결할 수 있는 막강한 연장이 될 것이다. 하지만 모치즈키의 야심은 그보다 훨씬 컸다. 그는 추론을 검증하는 데 그치지 않고 수학자들로 하여금 정수를 전혀 다른 방식으로 상상하도록 하는 새로운 유형의 기하학을 창안했다. 우주적 이론의 진짜 규모를 제대로 파악했다고 주장하는 극소수 중 한 명인 야마시타 유이치로에 따르면 모치즈키는 완벽한 우주를 창조했으며 그 우주의 유일한 주민은, 아직까지는 모치즈키 혼자다.

하지만 남다른 주장에는 남다른 증거가 필요한 법이다. 모치즈키가 인터뷰를 거부하고 연구 결과를 직접 방어하지 않고 심지어 일본어 이외의 언어로는 연구에 대한 토론도 하지 않자 동료들은 의심을 품었다. 이 모든 것이 교묘한 장난이라고 생각하는 사람이 있는가 하면 그가 극심한 정신적 불균형을 겪고 있다며 그의 사회 공포증과 고립된 연구 환경을 근거로 제시하는 사람도 있었다.

2014년에는 상황이 호전된 듯 보였다. 그는 11월에 프랑스로 날아가 몽펠리에대학교에서 엿새간 열리는 세미나에서 자신의 이론을 발표하겠다고 선언했다. 전 세계 수학자들이 좌석을 차지하려고 다퉜으며 심지어 강의실 좌우 계단에까지 줄을 섰지만, 모치즈키는 모두를 바람맞혔다. 일주일 일찍 도착했다가 대학총장의 과도한 관심에 질려 종적을 감춘 것이다. 그의 행방을 아는 사람은 아무도 없었는데, 강연 예정일 전날 불미스러운 사건으로 경비원들이 그를 캠퍼스에서 쫓아냈다.

모치즈키는 일본에 돌아오자마자 블로그에서 증명을 삭제하고는 누구든 공개하려 들면 법적 조치를 취하겠다고 협박했다. 그는 가장 완고한 비판자들의 공격에 시달렸으며, 동료들은 그가 자신의 증명 논리에서 근본적 결함을 발견했겠거니 짐작했다. 모치즈키는 부인하면서도 해명은 내놓지 않았다. 교토대학 교수직을 내려놓고는 마지막 게시물을 올린 뒤 블로그를 폐쇄했다. 수학에서 어떤 것들은 "우리 모두를 위해" 숨겨져야 한다는 글이었다. 이 요령부득의 변덕스러운 조치는 많은 사람의 우려를 확인해주었을 뿐이었다. 모치즈키가 그로텐디크의 저주에 걸렸다는 소문 말이다.

알렉산더 그로텐디크는 20세기의 가장 중요한 수학자 중 한 명이었다. 과학의 역사에서 유례를 찾기 힘든 창조력을 분출하여 시간과 공간에 대한 우리의 이해를 한 번도 아니고 두 번이나 획기적으로 바꿨다. 모치즈키가 1996년 명성을 얻기 시작한 것은 그로텐디크의 추론 하나를 증명한 뒤였으며, 이 일본인 수학자가 아직 학생일 때 그를 만난 사람은 누구나 그가 그로텐디크를 스승으로 여긴다는 사실을 알았다.

그로텐디크는 전 세계 수학자의 필독서를 썼는데, 그가 이끈 집필진은 수만 쪽의 거대하고 위압적인 대작을 내놓았다. 대부분의 학부생은 이 책을 읽으며 자신의 분야에서 무엇을 탐구해야 할지 감을 잡으려고 발가락만 담그는 정도가 고작이었으나 그마저도 여러 해가 걸렸다. 이에 반해 모치즈키는 1학년 때 그로텐디크의 전집 첫 권을 읽기 시작하여 마지막 권까지 내리 독파했다.

모치즈키의 프린스턴대학교 룸메이트 김민형은 모치즈키가 며칠간 자지도 먹지도 않고 자정이 지나도록 정신 착란에 빠져 있던 일을 기억한다. 탈진하고 탈수된 모치즈키는 눈동자가 올빼미 눈알만큼 커져서는 앞뒤가 맞지 않는 말을 중얼거렸다. 그는 '심장의 심장'에 대해 이야기했다. 그로텐디크가 수학의 심장부에서 발견한 그 실체 때문에 자신이 완전히 돌아버렸다고 말했다. 이튿날 아침 김민형은 그 말이 무슨 뜻이냐고 물었는데, 모치즈키는 멍하니 서서 그를 바라보았다. 그는 지난밤 일을 전혀 기억하지 못했다.

* * *

1958년부터 1973년 사이에 알렉산더 그로텐디크는 거석 상처럼 수학자들 위에 우뚝 서서, 자기 세대의 가장 명석한 수학자들로 하여금 각자의 연구 과제와 야심을 내려놓고 모든 수학적 대상을 떠받치는 구조를 밝혀내는 자신의 급진적인 탐사에 동참하도록 이끌었다.

연구 방법도 남달랐다. 당대의 가장 어려운 수학적 수수께끼인 바일 추론 네 개 중 세 개를 풀 능력이 있었음에도 유명한 문제들을 풀거나 남들이 미처 상상하지 못하는 결론에 도달하는 데는 관심이 없었다. 그의 바람은 수학의 토대를 철저히 이해하는 것이었다. 이를 위해 그는 가장 간단한 질문들을 수많은 새 개념들로 둘러싸 정교한 이론적 구조를 쌓았다. 그로텐디크가 추론으로 은근하고 꾸준하게 압박을 가하면 해解들은 마치 자유 의지에 의한 것처럼 스스로를 드러냈다. 표면으로 부풀어올라 (그가 한때 말했던 것처럼) "물에 몇 달간 담가둔 견과류 껍데기같이" 벌어진 것이다.

그의 추상화 능력은 무엇에도 얽매이지 않았다. 거침없는 일반화를 바탕으로 점차 범위를 좁힌 다음 예리하게 초점을 맞추는 그의 수법은 타의 추종을 불허했다. 충분히 떨어진 거리에서라면 어느 딜레마든 똑똑히 꿰뚫어볼 수 있었기 때

심장의 심장

문이다. 수, 각, 곡선, 방정식은 그의 흥미를 끌지 못했으며 그 어떤 구체적인 수학적 대상도 마찬가지였다. 그의 유일한 관심사는 대상들 사이의 관계였다. 그의 제자 뤼크 일뤼지는 이렇게 회상했다. "그는 사물의 조화에 남달리 민감했다. 새로운 기법을 도입하고 주요 정리를 증명했을 뿐 아니라 수학에 대한 우리의 사고방식을 변화시켰다."

공간은 그가 평생 천착한 주제였다. 그는 천재성을 여지없이 발휘하여 점의 개념을 확장했다. 미천한 점은 그의 눈길이 닿자 무차원의 위치에서 벗어나 복잡한 내부 구조를 품은 채 부풀어올랐다. 남들이 깊이, 크기, 너비가 없는 단순한 위치를 본 바로 그곳에서 그로텐디크는 우주 전체를 보았다. 그토록 대담한 제안을 내놓은 사람은 유클리드 이후로 아무도 없었다.

그는 오랫동안 일주일에 이레씩, 하루에 열두 시간씩 자신의 모든 정력을 수학에 쏟아부었다. 신문도 읽지 않고 텔레비전도 보지 않고 극장에도 가지 않았다. 그는 추녀, 너저분한 주택, 남루한 방을 좋아했으며 벽에서 페인트가 벗겨 떨어지고 창문이라고는 등뒤에 하나뿐인 쌀쌀한 연구실에 틀어박혀 책상 위의 펜과 종이만 가지고 연구에 전념했다. 장식물은 어머니의 데스마스크, 철사로 만든 작은 염소 조각, 스페인 올리브가 담긴 병, 르 베르네 강제 수용소에서 그린 아버지의 목탄 초상화 네 가지뿐이었다.

알렉산더 샤피로, 알렉산더 타나로프, 사샤, 표트르, 세르게이. 그로텐디크의 아버지는 본명이 알려져 있지 않다. 그는 여러 가명으로 살아가며 20세기 초 유럽을 뒤흔든 무정부주의 운동에 참여했다. 하시드파 가문 출신의 우크라이나인으로, 열다섯 살에 차르 치하 경찰에 체포되었으며 동지들과 함께 사형을 선고받았다. 그는 유일한 생존자였다. 그는 3주간 감방에서 처형장으로 끌려다니면서 동지들이 한 명씩 총살되는 광경을 보았다. 그는 나이가 어려서 사형 집행을 면하고 무기 징역으로 감형받았으며 십 년 뒤 1917년 러시아혁명 시기에 석방되었다. 그뒤 일련의 음모, 비밀 책략, 혁명 분파들 간의 내부 분쟁에 정면으로 뛰어들었으며 그 과정에서 왼팔을 잃었다. 이것이 전투의 결과인지, 실패한 암살 시도 때문인지, 미수에 그친 자살 시도 때문인지, 손에 들고 있던 폭탄이 터졌기 때문인지는 불분명하다. 그는 거리 사진사로 생계를 이어갔다. 그로텐디크의 어머니를 만난 것은 베를린에서였는데, 두 사람은 1939년 파리로 이주했다. 1940년 그는 비시 정부에 체포되어 르 베르네에 수감되었으며 1942년에 독일로 추방되어 아우슈비츠의 가스실에서 치클론B에 중독되어 사망했다.

아들은 어머니 요하나 그로텐디크의 성을 땄다. 그녀는 평생 글을 썼지만 한 번도 소설이나 시를 발표하지 못했다. 그로텐디크의 아버지를 만났을 때는 유부녀였으며 좌파 일간신문에서 기자로 일하고 있었다. 그녀는 남편을 버리고 새 연인과 함께 혁명 투쟁에 뛰어들었다. 그로텐디크가 다섯 살 때 어머니는 그를 개신교 목사의 손에 맡기고 스페인으로 가서 제2공화국을 지키기 위해 무정부주의자들과 함께 프랑코에 맞서 싸웠다. 공화국이 무너진 뒤에는 남편과 함께 프랑스로 피신하여 아들을 불러들였다. 요하나와 그로텐디크는 프랑스 정부에 의해 '기피 인물'로 규정되어, 국제 여단에 참여한 "수상한 외국 분자"와 스페인 내전 피란민과 더불어 망드 인근의 리외크로 수용소에 수감되었다. 요하나는 그곳에서 결핵에 걸렸다. 전쟁이 끝나갈 무렵 그로텐디크는 열일곱 살이었다. 그는 어머니와 함께 몽펠리에 외곽에서 포도를 주

우며 근근이 연명했으며, 그곳에서 학업을 시작했다. 어머니와 아들은 친밀하고 비정상적인 관계를 유지했다. 요하나는 1957년 결핵이 재발하여 세상을 떴다.

그로텐디크가 아직 몽펠리에대학교 학부생일 때 그의 교수 로랑 슈바르츠가 열네 가지 주요 미해결 문제가 담긴 자신의 최신 논문을 건네면서 그중 하나를 골라 졸업 논문을 쓰라고 했다. 수업 시간에 늘 지루해하고 산만하며 진도를 따라가지 못하는 것처럼 보이던 젊은 그로텐디크는 석 달 뒤 돌아왔다. 슈바르츠는 그에게 어느 문제를 골랐고 얼마나 진척이 있었느냐고 물었다. 그로텐디크는 어리둥절한 얼굴로 그를 쳐다보았다. "어느 문제라뇨?"라는 표정이었다. 전부 다 풀었던 것이다.

그의 재능은 누굴 만나든 관심을 끌었으나 프랑스에서는 일자리를 찾기가 힘들었다. 부모가 이 나라 저 나라 전전한 탓에 그로텐디크는 국적이 없었으며, 유일한 신원 증명서인 난센(국제난민사무국) 여권에서 그는 '무국적자'로 분류되었다.

그는 인상적인 체구의 소유자였다. 키가 크고 몸매가 탄탄

하고 호리호리했으며 턱이 각지고 어깨가 넓고 코는 큼지막한 주먹코였다. 두터운 입술 가장자리가 위로 말려 올라가, 마치 남들은 짐작도 못하는 비밀을 혼자만 아는 듯한 짓궂은 표정이 지어졌다. 머리카락이 빠지기 시작하자 아예 삭발을 했는데, 머리통은 완벽한 달걀꼴이었다. 사진 속의 그는 미셸 푸코와 일란성 쌍둥이처럼 보인다.

유능한 권투 선수였고 베토벤의 후기 4중주곡과 바흐에 열광했으며 자연을 사랑했고 "태양과 생명으로 가득한, 자그맣고 나이 많은 올리브나무"를 존경했지만, 수학을 비롯한 이 세상 무엇보다 더 몰두한 것은 글쓰기였다. 그의 글은 광기의 경계에 놓여 있었다. 그가 어찌나 열정적으로 썼던지 원고 여기저기에 연필심이 종이를 뚫은 자국이 남았다. 계산을 할 때면 공책에 방정식을 쓴 다음 거듭거듭 겹쳐 썼는데, 급기야 각각의 기호가 하도 굵어져서 알아보지 못할 지경이 되었다. 그는 흑연을 종이에 긁는 신체적 쾌감에 사로잡혔다.

1958년 프랑스의 백만장자 레옹 모샹이 그로텐디크의 야심을 이뤄주려고 파리 외곽에 고등과학연구소를 설립했다. 갓 서른 살에 접어든 그로텐디크는 그곳에서 기하학의 토대를 재정립하고 수학의 모든 분야를 통합한다는 연구 계획을 발표했다. 한 세대의 교수와 학생 전부가 그로텐디크의 꿈에 투신했다. 그가 우렁차게 강연하면 그들은 필기를 하고 그의 논증을 확장하고 초고를 써서 그에게 교정받았다. 공동 연구자 중에서 가장 헌신적이었던 장 디외도네는 해가 뜨기도 전 새벽 다섯시에 일어나 전날의 필기를 검토했다. 그러면 그로텐디크가 여덟시 정각에 교실에 들이닥쳐 새로운 개념들을 전개했는데, 연구소 계단을 오를 때 이미 머릿속에서 자기 자신과 논쟁을 벌이던 것들이었다. 그로텐디크의 세미나는 열두 권의 책으로 묶였다. 2만 쪽이 넘는 이 대작은 기하학, 정수론, 위상수학, 복소해석학을 통합했다.

수학의 통일이라는 꿈을 추구한 것은 가장 야심찬 정신의 소유자들뿐이었다. 데카르트는 기하학적 형태를 방정식으로 기술할 수 있음을 처음으로 밝혀낸 사람 중 하나다. $x^2+y^2=1$이라고 쓰는 것은 완전한 원을 묘사하는 것과 똑같다. 이 기초적 방정식의 모든 가능한 해는 평면에 그린 원을 나타낸다. 하지만 실수實數와 데카르트 평면뿐 아니라 복소수라는 기이한 공간까지 고려하면 마치 살아 있는 생물이 시간의 흐름에 따라 성장하고 진화하는 것처럼 다양한 크기의 움직이는 원들이 생겨난다. 그로텐디크의 탁월한 점 중 하나는 모든 대수 방정식 이면에 더 거대한 무언가가 숨어 있음을 간파했다는 것이다. 그는 이것을 스킴이라고 불렀다. 그가 보기에 방정식에 대한 각각의 해, 각각의 형태는 그림자에 불과했다. "밤중에 회전하는 등댓불에 비친 암석 해안의 윤곽처럼" 일반 스킴으로부터 투영된 환각적 영상에 지나지 않는다는 것이다.

그로텐디크는 하나의 방정식에 들어맞는 수학적 우주를 통째로 만들어낼 수 있었다. 이를테면 그의 토포스는 무한해 보이는 공간으로, 상상력의 한계에 도전한다. 그로텐디크는 이것을 "이 세계 모든 왕의 모든 말과, 모든 가능 세계의 모든 왕의 모든 말이 한꺼번에 물을 마실 수 있을 정도로 넓고 깊은 강바닥"에 비유했다. 이런 식으로 생각하려면 완전히 새롭고 50년 전 알베르트 아인슈타인이 가져온 변화만큼 급진적인 우주 관념이 필요했다.

그로텐디크는 자신이 발견한 개념에 대한 르 모 쥐스트(딱 맞아떨어지는 낱말)를 고르는 일에서 재미를 느꼈다. 이것은 개념을 길들이고 친숙하게 만들어 온전히 파악하기 위한 방법이었다. 이를테면 그의 에탈 개념은 썰물의 잔잔하고 온순한 파도, 거울처럼 고요한 바다, 끝까지 펼친 날개의 표면, 갓난아기를 감싼 흰 배내옷을 연상시킨다.

그는 필요하다면 몇 시간이든 제 의지대로 자고 일어나 연구에 온 정력을 쏟을 수 있었다. 아침에 개념을 전개하기 시작하여 이튿날 새벽까지 낡은 남포등의 불빛 아래서 눈을 찡그린 채 책상 앞에서 꼼짝하지 않을 수 있었다. 그의 친구 이브 라드겔레리는 이렇게 회상한다. "천재와 함께 연구하는 일은 매혹적이었다. 이 단어를 좋아하지는 않지만 그로텐디크는 다른 어떤 말로도 묘사할 수 없다. 그는 매혹적이면서도 두려웠는데, 그것은 이 남자가 어떤 인간과도 닮지 않았기 때문이다."

그의 추상화 능력은 끝이 없어 보였다. 그는 더 높은 범주로 불쑥 도약하여 아무도 감히 탐구하지 못한 규모를 주무를 수 있었다. 그가 개념을 정식화한 방법은 껍질을 한 겹 한 겹 벗기며 개념을 해체하여 아무것도 남지 않을 때까지 단순화하고 추상화하는 것이었다. 진공처럼 보이는 그곳에서 그는 자신이 찾던 구조를 발견했다.

캘리포니아대학교 샌타크루즈 캠퍼스의 한 교수는 그를 일컬어 이렇게 말했다. "그가 강연하는 것을 듣고서 처음 든 인상은 우리의 지적 진화를 앞당기기 위해 머나먼 태양계의 외계 문명에서 지구로 파견된 사람이라는 것이었다." 그로텐디크가 불러일으킨 수학적 풍경은 아무리 급진적이었을지언정 인위적이라는 인상은 전혀 들지 않았다. 수학자의 훈련된 눈으로 보면 이 풍경은 마치 자연환경처럼 모습을 드러냈다. 그로텐디크는 자신의 의지를 관철하기보다는 풍경이 스스로 자라고 발전하기를 바랐다. 그 결과는 마치 각각의 개념이 제 나름의 생명 충동을 따라 싹을 틔우고 열매를 맺는 듯한 유기적 아름다움을 발산했다.

1966년 그는 수학계의 노벨상으로 불리는 필즈상을 받았으나 작가 율리 다니엘과 안드레이 시냐프스키의 투옥에 항의하여 수상을 위한 모스크바 방문을 거부했다.

그가 20년간 수학계를 어찌나 확고하게 지배했던지 또다른 명민한 필즈상 수상자 르네 톰은 그로텐디크의 압도적으로 우월한 능력에 "주눅이 들었다"고 털어놓았다. 획기적 개

넘들을 현기증 날 정도로 쏟아내는 그로텐디크에게 필적하지 못해 좌절한 톰은 순수 수학을 포기하고 파국 이론을 연구했다. 이것은 강, 단층, 인간의 여린 마음 같은 동적 계가 갑자기 평형을 잃고 붕괴하여 무질서와 혼돈으로 빠져드는 일곱 가지 과정을 기술하는 수학적 방법이다.

"나를 고무하는 것은 야심이나 권력욕이 아니다. 거대하면서도 매우 섬세한 것을 예리하게 지각하는 것이다." 그로텐디크는 추상화의 한계를 계속해서 밀어붙였다. 그는 새 영토를 정복하기 무섭게 그 경계를 확장할 준비를 했다. 그의 탐구에서 정점은 모티브라는 관념이었다. 이것은 수학적 대상에 대해 상상할 수 있는 모든 형태에 빛을 비출 수 있는 광선이었다. 그는 수학적 우주의 핵심에 자리잡은 이 기이한 실체를 '심장의 심장'이라고 불렀다. 이것에 대해 우리는 희미하디 희미한 미광 말고는 아는 것이 없다.

그의 가장 친밀하고 충직한 공동 연구자들조차 그가 도를 넘었다고 생각했다. 그로텐디크는 태양을 손에 쥐고 싶어했다. 서로 아무런 관계가 없어 보이는 무수한 이론들을 묶을 수 있는 은밀한 뿌리를 밝혀내고자 했다. 사람들은 그의 목

심장의 심장

표가 무망하며 그의 계획이 정당한 과학적 탐구 계획보다는 풋내기의 몽상처럼 들린다고 말했다. 그로텐디크는 귀담아 듣지 않았다. 수학의 토대를 오래도록 내려다본 나머지 그의 정신은 심연에 빠져들고 말았다.

1960년대 말 그는 두 달간 루마니아, 알제리, 베트남을 여행하며 강연을 했다. 그가 베트남에서 강연한 대학 중 한 곳은 훗날 미국의 폭격을 받아 교수 두 명과 학생 수십 명이 목숨을 잃었다. 프랑스로 돌아왔을 때, 그는 다른 사람이 되어 있었다. 사방에서 요란하게 벌어진 1968년 5월 저항운동에 영향을 받은 그는 오르세의 파리대학교에서 열린 마스터 클래스에서 100여 명의 학생들에게 인류가 맞닥뜨린 위험을 거론하며 "비열하고 위험한 수학 활동"을 그만두라고 촉구했다. 지구를 파괴할 사람은 정치인이 아니라 "몽유병자처럼 종말을 향해 행진하"는 그들 같은 과학자라고 말했다.

그날 이후로 그는 생태학과 평화주의에 똑같은 시간을 할애하게 해주지 않는 한 어떤 수학 학회에도 참석하기를 거부했다. 강연중에는 정원에서 기른 사과와 무화과를 나눠주면서 과학의 파괴력을 경고했다. "히로시마와 나가사키를 산산

조각낸 원자들을 분열시킨 것은 장군의 번들거리는 손가락이 아니라 한 줌의 방정식으로 무장한 과학자 집단이었습니다." 그로텐디크는 자신의 개념들이 세상에 피해를 입힐지도 모른다는 생각에 노심초사했다. 내가 추구하는 총체적 이해로부터 어떤 새로운 참상이 벌어질까? 인류가 심장의 심장에 도달하면 무슨 짓을 저지르게 될까?

그는 명성, 창의력, 영향력이 정점에 이른 1970년 고등과학연구소가 프랑스 국방부의 자금 지원을 받았다는 사실을 알고서 사직서를 냈다.

그런 뒤 가족을 버리고 친구를 끊고 동료와 의절하고 세상으로부터 달아났다.

그로텐디크는 40대에 일어난 방향 전환을 '거대한 전환점'이라고 불렀다. 그는 순식간에 시대정신에 휩쓸렸으며 생태학, 군산복합체, 핵 확산에 집착했다. 그가 자신의 집에서 부랑자, 교수, 히피, 평화주의자, 도둑, 수녀, 매춘부와 어울려 살아가는 공동체를 꾸리자 아내는 자포자기했다.

그는 부르주아적 삶의 모든 안락을 견딜 수 없게 되었다. 양탄자를 불필요한 장식물로 여겨 바닥에서 뜯어냈으며 옷을 직접 만들기 시작했다. 타이어를 재활용하여 샌들을 만들고 낡은 마대를 기워 바지를 만들었다. 침대를 거부하여 문틀에서 떼어낸 문짝 위에서 잤다. 그는 빈민, 청년, 소외된 사람들과 함께 있을 때만 편안함을 느꼈다. 그들은 무국적자, 고국이 없는 사람들이었다.

그는 소유물에 집착하지 않았으며 망설임 없이 나눠주었다. 타인의 물건에 대해서도 마찬가지였다. 어느 날 크리스티안 마욜이라는 칠레인 친구가 아내와 저녁을 먹고 집에 돌아와보니 창문과 현관문이 열려 있고 벽난로가 활활 타고 보일러가 펄펄 끓고 있었다. 그로텐디크는 벌거벗은 채 욕조에 잠들어 있었다. 두 달 뒤 그로텐디크는 변상금 조로 3000프랑의 수표를 보냈다.

그는 대체로 상냥하고 다정했지만 폭력성이 불쑥 치밀어오를 때도 있었다. 아비뇽에서 평화주의 집회를 하던 중에 경찰이 행진을 가로막자 방벽을 향해 달려가 경찰관 두 명을 때려눕혔다. 그는 경관 수십 명에게 곤죽이 되도록 맞아 인사불성이 된 채 경찰서에 끌려갔다. 집에 있을 때면 아내는 그가 서재에 틀어박혀 고함지르고 악을 써대는 소리를 들었다. 긴 독일어 독백은 급기야 창문이 흔들릴 정도로 요란한 절규가 되었으며 그러고 나면 며칠이 지나도록 한마디도 하지 않았다.

그로텐디크는 "수학을 하는 것은 사랑을 나누는 것과 같다"고 썼다. 그의 성 충동은 자신의 영성 못지않게 강렬했다. 그는 평생 남녀를 가리지 않고 사람들을 유혹했다. 아내 미레이에 뒤푸르와의 사이에 자녀 셋을 낳았으며 혼외자도 두 명 있었다.

그는 '생존과 삶'이라는 단체를 창설하여 돈과 정력을 모조리 쏟아부었다. 자급자족과 환경 보호에 대한 자신의 사상을 전파하기 위해 친구들과 함께 잡지를 발간했다(글은 혼자서 쓰다시피 했지만). 수학 분야에서 자신을 따르던 사람들을 참여시키려고 애썼지만 자신이 집착하는 대상이 추상적 수의 세계가 아니라 구체적 사회 문제가 되어버린 지금 그의 절박감에 공감하거나 그의 극단주의를 참아낼 수 있는 사람은 아무도 없었다. 그로텐디크가 사회 문제를 대하는 태도는 어수룩하다못해 어리석을 지경이었다.

그는 환경이 나름의 의식을 가졌으며 환경을 보호하는 것이 자신의 책무라고 확신했다. 집 바깥 보도 틈새에서 자라는 작디작은 싹 하나조차 거둬 새로 심고 돌봤다.

그는 일주일에 한 번씩 단식하기 시작하더니 두 번 단식하다 때로는 아예 곡기를 끊기도 했다. 고행은 제2의 천성이 되었다. 캐나다를 방문했을 때는 구두 신기를 거부했다. 샌들을 신고 눈밭을 걷는 그의 모습은 마치 중동의 예언자가 얼어붙은 사막에서 복음을 전파하는 것 같았다. 심각한 오토바이 사고를 당했을 때는 마취를 거부했으며 수술중 침술 요법에만 동의했다. 그는 신체적 통증에는 무감각하다시피 했다. 이런 행동들은 그의 비판자들이 그를 깎아내리려고, 또한 그가 퍼붓는 격렬한 비판으로부터 자신들 스스로를 지키려고 퍼뜨리는 소문에 신빙성을 더했다. 가장 악랄한 소문은 그로텐디크가 지구에 미치는 영향을 줄이려는 열망에 사로잡혀, 들통에 대변을 본 뒤에 집 주변 농장을 돌아다니며 자신의 똥을 거름으로 뿌린다는 것이었다.

1973년 그가 모두에게 개방된 장소로 꾸린 공동체는 무법천지로 전락했다. 처음에는 경찰이 찾아와 비자가 만료된 일본산묘법사대승가日本山妙法寺大僧伽 승려 두 명을 체포했으며 불법 체류 외국인을 숨겨준 혐의로 그로텐디크를 기소했다. 그 주에 그와 종종 잠자리를 함께한 여자가 그의 방에서 커튼으로 목을 매려 했다. 그로텐디크가 그녀와 함께 병원에서 돌아와보니 공동체 회원들은 그의 원고를 땔감 삼아 마당 한가운데에 거대한 모닥불을 피워놓고 춤추고 있었다. 그로텐디크는 공동체를 해산한 뒤 작은 오두막 여남은 채가 전부인 빌쾽이라는 마을에 은거했다.

그는 빌쾽에서 전기도 수도도 없고 벼룩이 들끓는 오두막에서 살았지만 어느 때보다 행복했다. 낡아빠진 영구차를 구입하여 돌아다녔으며 엔진이 망가지자 더 낡아빠진 차를 샀는데, 바닥에 구멍이 뚫려 길바닥이 보였다. 그는 면허도 없고 차량 등록도 하지 않은 채 최고 속도로 운전했다.

그는 5년간 거의 완전히 고립되어 주요한 과제는 하나도 진행하지 않고 육체노동에 몰두했다. 자녀들은 그를 찾아오지 않았고 연인도 없었으며 열두 살짜리 이웃 소녀의 수학 숙제를 도와주는 것 말고는 이웃들에게도 완전히 무관심했다. 예금이 바닥나자 스파르타식 삶의 비용을 마련하기 위해

심장의 심장

몽펠리에대학교에서 수학을 가르치기 시작했다. 그의 학부생들은 부랑자처럼 넝마를 걸치고 수업 전에 교실 바닥에서 자는 이 남자가 살아 있는 전설이라고는 상상할 수 없었다.

그는 빌큉에서 자신의 어마어마한 분석 능력을 자신의 마음에 집중했다. 그로 인한 변화는 그가 수학 연구에서 멀어졌을 때보다 훨씬 급진적이었다. 그로텐디크는 이 완벽한 탈바꿈을 알쏭달쏭한 목록으로 표현하려 했는데, 여기서 그는 자신을 상식으로부터 점점 멀어지게 한 영적 여정의 정류장들을 추적했다.

1933년 5월	죽음을 갈망하다
1933년 12월 27~30일	늑대가 새끼를 낳다
1936년 여름(?)	산역꾼
1944년 3월	조물주 하느님의 존재
1957년 6~12월	부름과 배반
1970년	벗겨내기—소명에 들어서다
1974년 4월 1~7일	진리의 순간, 영적 여정을 시작하다
1974년 4월 7일	일본산묘법사와의 만남, 신성한 것

에 입문하다

1974년 7~8월   법칙의 불충분함. 나는 아버지 우주

를 떠난다

1976년 6~7월   음陰의 각성

1976년 11월 15~16일   상像의 붕괴, 참선의 발견

1976년 11월 18일   내 영혼과의 재회, 꿈꾸는 자 입문

1979년 8월~1980년 2월   부모(사칭)를 만나게 되다

1979년 3월   늑대 발견

1980년 8월   꿈꾸는 자들과의 만남―어린 시절

의 회복

1983년 2월~1984년 1월   새로운 방식("들판을 좇아")

1984년 2월~1986년 5월   거두고 씨뿌리기

1986년 12월 25일   ReS의 '희생'

*주의 1986년 12월 25일   첫 성애신비적 꿈

1986년 12월 28일   죽음과 환생

1987년 1월 1~2일   성애신비적 '유괴'

1986년 12월 27일~1987년 3월 21일   형이상학적 꿈, 꿈의 지능

1987년 1월 8일, 1월 24일, 2월 26일, 3월 15일   예지몽

1987년 3월 28일   하느님에 대한 향수

심장의 심장

1987년 4월 30일 ······ 꿈의 열쇠

1983년부터 1986년 사이에 그는 『거두기와 씨뿌리기: 수학자의 과거로부터의 성찰과 증언』을 썼다. 프랑스에서 이 기상천외한 작품을 감히 출판하려는 사람은 아무도 없었다. 한 동료 말마따나 '수학적 주마등'으로 가득한 1000여 쪽의 글에서 그로텐디크는 자신의 정신을 탐구하면서 모든 것을 이해하고 깨달음과 편집증 사이를 아슬아슬하게 줄타기하는 거대하고 무시무시한 지성을 점진적으로 고스란히 드러낸다.

『거두기와 씨뿌리기』의 개념들은 원을 그린다. 저자는 처음의 논증으로 거듭거듭 돌아가며 총체적 정확성을 추구한다. 그는 자신이 쓴 것을 (폐기하거나 두 배로 강력하게 긍정하기 위해) 들여다보며, 자신의 말을 자연스러운 것과는 대조적인 단언체로 고치려고 시도했다. 한 페이지 안에서도 시점, 테마, 어조가 확확 바뀌는데, 이것은 의미의 한계와 맞서 투쟁하며 만물을 한꺼번에 시야에 담으려 시도하는 정신의 산물이다. "시점에는 본성상 제약이 있다. 이 때문에 우리는 풍경을 하나의 상으로 본다. 하지만 같은 현실에 대한 상보적 관점들이 합쳐질 때만 우리는 사물의 지식에 더 온전히 접근할 수

104

있다. 우리가 이해하려는 대상이 복잡할수록 다른 관점을 가지는 것이 더 중요해진다. 그래야 이 광선들이 수렴하여 우리가 많음을 통해 하나를 볼 수 있기 때문이다. 이것이 참된 시각의 본질이니, 이미 알려진 관점들을 합치고 지금껏 알려지지 않은 것을 보임으로써 우리로 하여금 모든 것이 실제로는 같은 것의 일부임을 이해하게 해준다."

그는 읽고 명상하고 쓰면서 은자처럼 살았다. 1988년에는 굶어 죽을 뻔했다. 급기야 몸에 오상五傷을 지니고서 50년간 제병祭餠만 먹고 산 프랑스의 신비가 마르트 로뱅과 스스로를 완전히 동일시하기에 이르렀다. 그로텐디크는 그리스도가 사막에서 금식한 40일을 능가하려고 노력했으며 앞뜰과 집 주변에서 민들레를 뽑아 만든 수프로 몇 달씩 연명했다. 이웃들은 그가 동네를 돌아다니며 민들레를 뽑는 것을 보고서 케이크와 음식을 가지고 찾아가 그가 먹기 전에는 떠나지 않겠다고 버텨 그의 목숨을 구했다.

그는 꿈이 인간에게 속한 것이 아니라 자신이 르 레뵈르라고 부르는 외부적 실체가 우리로 하여금 스스로의 참된 자아를 인식할 수 있도록 보내주는 서신이라고 믿게 되었다. 그는 20년 넘게 자신의 꿈을 기록하여(『꿈의 열쇠』) 꿈꾸는 자의 본질을 이해할 수 있었다. *Le rêveur n'est autre que Dieu.*(꿈꾸는 자는 다름 아닌 하느님이다.)

1991년 6월 그는 세상과의 모든 연을 끊으려 했다. 2만 5000장의 개인 기록을 소각하고 아버지의 초상화를 불태우고 어머니의 데스마스크를 버렸다. 수학의 가장 깊은 곳에서 뛰는 어두운 심장인 모티브를 밝히려다 실패한 기록인 최후의 탐구를 모교인 몽펠리에대학교에 기증하라며 친구 장 말구아르에게 건넸다. 그의 나머지 생애 내내 이어진 도피 시기의 시작점이었다. 그는 자신을 찾아다니는 기자와 학생들을 피해 이 마을 저 마을 전전했으며 가족과 친구들이 보낸 편지는 열어보지도 않고 반송했다.

10년 넘도록 아무도 그의 행방을 몰랐다. 그가 죽었다거나 정신이 나갔다거나 아무도 유해를 찾지 못하게 깊은 숲속에 들어가서 죽었다는 소문이 돌았다.

그는 일정한 주소 없이 프랑스 남부를 떠돌다 피레네산맥 그늘에 있는 아리에주의 작은 마을 라세르에 은거했다. 그의 아버지가 나치 가스실에 보내져 목숨을 잃기 전 마지막 몇 달을 보낸 강제 수용소까지 한 시간도 걸리지 않는 곳이었다. 어릴 적 그로텐디크는 어머니와 함께 수감되어 있던 리외크로 수용소에서 한밤중에 맨발로 탈출했다. 그는 베를린까지 걸어가 제 손으로 히틀러를 암살하겠다는 굳은 결심을 품었다. 하지만 닷새 뒤 의식을 잃고 목숨이 위태로운 채 속이 빈 나무줄기 속에서 떨고 있다가 경비원들에게 발견되었다.

그는 밤이면 피아노를 연주했다. 라세르의 이웃들은 방문객을 허락하지 않는 그의 집에서 아름다운 다성 음악이 흘러나오는 것을 듣고 놀랐다. 마치 은거중에 몽골 목노래(흐미)를 배워 여러 음을 한꺼번에 낼 줄 아는 것 같았기 때문이다. 그로텐디크는 일기에서 이 일을 이렇게 설명한다. 해거름에 두 얼굴을 가진 여인이 그를 찾아온다. 그는 그녀의 상냥한 면을 플로라, 사악한 면을 루시페라라고 부른다. 두 사람은 하느님께서 당신을 드러내시길 간구하는 노래를 부르지만 "하느님은 침묵하시며, 말씀하실 때는 목소리가 너무 나직하여 아무도 알아듣지 못한"다.

2001년 이웃들은 그로텐디크의 집에서 연기와 불꽃이 피어오르는 것을 보았다. 라세르 시장 알랭 바리에 따르면 그로텐디크는 소방관들이 화재를 진압하지 못하게 하려고 온갖 애를 썼으며 집이 불타게 내버려달라고 애걸했다.

2010년 그로텐디크가 친구 뤼크 일뤼지에게 보낸 편지에는 '발표 금지 요구'가 적혀 있었다. 편지에서 그로텐디크는 자신의 작품에 대한 미래의 판매를 모조리 금지하며 자신의 모든 저작물을 도서관과 대학에서 회수하라고 요구한다. 출간 여부를 막론하고 자신의 글을 팔거나 인쇄하거나 유포하려는 모든 사람을 협박한다. 그는 자신의 영향을 무효화하고 고요 속으로 사라져 자기 존재의 마지막 흔적까지 지우고 싶어한다. "모두 사라지게 해주게, 당장!"

미국인 수학자 레일라 슈넵스는 말년의 그로텐디크와 교류한 몇 안 되는 사람 중 하나였다. 그녀는 몇 달간 그를 찾아다녔다. 낡은 사진을 손에 들고서 그가 살았으리라 추정되는 마을을 일일이 돌아다니며, 그의 외모가 얼마나 달라졌는지 모른 채 사람들에게 그를 보았느냐고 물었다. 걷다 지쳐서 그 지역의 유일한 유기농 시장 앞 벤치에 앉아 그로텐디크가 나타나길 바라며 며칠을 보내다가 마침내 수도복 차림의 한 노인이 지팡이를 짚고서 강낭콩을 사는 광경을 보았다. 노인의 얼굴은 두건에 가려 흐릿했고 이목구비는 마법사처럼 길고 텁수룩한 수염에 가려졌으나 그녀는 그의 눈을 알아보았다.

그녀는 은자가 자신을 보자마자 달아날 거라 상상하며 조심조심 다가갔는데, 놀랍게도 그로텐디크는 그녀에게 상냥한 인사를 건넸다. 누구도 자신을 찾지 않길 바랐다고 이내 덧붙이기는 했지만. 그녀는 감정을 주체하지 못하고 그가 젊을 때 제기한 추론 중 하나가 마침내 증명되었다고 말했다. 그로텐디크는 어렴풋이 미소 지으며 수학에 대한 흥미를 완전히 잃었다고 했다.

두 사람은 함께 오후를 보냈다. 슈넵스는 그에게 왜 스스로를 고립시켰느냐고 물었다. 그로텐디크는 자신이 인간을 증오하지 않으며 세상에 등을 돌린 것도 아니라고 말했다. 자신의 고립은 도피도 거부도 아니요 인류를 보호하기 위해서라는 것이었다. 그로텐디크는 자신의 발견 때문에 누구도 고통을 받아서는 안 된다고 말했지만 "새로운 공포의 그림자"라는 말이 무슨 뜻인지에 대한 설명은 거부했다.

두 사람은 몇 달간 편지를 주고받았다. 슈넵스는 그가 물리학에서 발전시킨 개념들, 소문에 따르면 그가 은퇴 전에 마지막으로 연구하던 것들을 알고 싶어했다. 그로텐디크는 그녀가 단 하나의 질문에 답할 수 있다면 모든 것을 이야기하겠노라고 말했다. 미터란 무엇인가?

슈넵스는 몇 주가 지나도록 응답하지 않다가 50쪽이 넘는 답변을 보냈지만, 그로텐디크는 봉투를 열어보지도 않고 반송했다. 그뒤의 모든 편지도 마찬가지였다.

생의 막바지를 향해 가면서 그의 관점이 현실과 어찌나 동떨어졌던지 그는 총체성을 인식하는 것 말고는 할 수 있는 것이 없었다. 그의 성격 중에서 남은 것은 누더기뿐이었다. 끊임없는 명상의 세월이 인간의 인격을 구성하는 가느다란 실들을 갈가리 끊어놓아 그는 넝마가 되었다. "이 세상의 그 어떤 존재보다 더 친밀하게 하느님을 안다는 확고하고 어쩌면 불경한 느낌이 든다. 비록 그분은 어떤 물리적 실체보다

무한히 광대한 불가사의이시지만."

그는 2014년 11월 13일 목요일 생지롱병원에서 사망했다.
사인은 아직까지 밝혀지지 않았다. 결코 공개하지 말라는 그
의 당부 때문이었다.

그의 마지막 나날에 대한 유일한 증언은 병원에서 그를 돌
본 간호사에게서 나왔다. 그녀에 따르면 그로텐디크는 가족
을 만나길 거부했으며 단 한 명의 면회객만 받아들였다. 키
가 크고 숫기 없는 일본인 남자였는데, 어찌나 수줍어하던지
그녀가 불러들일 때까지 병실에 들어오지도 못했다.
간호사가 기억하기로 잘생겼지만 등이 살짝 굽은 그 남자
는 닷새 동안 면회 시간 내내 침대맡에 앉아서 매우 불편한
자세로 몸을 숙여 귀를 환자의 입에 최대한 가까이 갖다대
고 줄곧 공책에 무언가를 끄적거렸다. 그는 그로텐디크가 숨
을 거둘 때까지 머물렀으며 한마디도 하지 않은 채 시신이
영안실로 옮겨질 때까지 곁을 지켰다.

이 남자는, 또는 그를 매우 닮은 누군가가 이틀 뒤 몽펠리

에대학교에서 경비원들에게 제지당했다. 당시 그는 연구실 출입문 앞에 무릎 꿇고 있었다. 방안에는 결코 개봉하지 않는다는 조건하에 그로텐디크가 대학에 기증한 문서 상자가 네 개 있었으며, 상자에는 구겨진 종잇조각과 그로텐디크가 냅킨에 쓴 ("낙서에 지나지 않는 것"이라고 폄하한) 방정식이 들어 있었다.

경비원들은 남자의 손에서 성냥갑을, 호주머니에서는 라이터 기름이 든 작은 병을 발견했지만 경찰을 부르지는 않았다. 다만 그가 미쳤거나 모종의 정신 장애를 앓는다고 생각하여 캠퍼스에서 쫓아냈다. 그가 바닥을 향해 고개를 숙이고 연신, 하지만 시종 무척 나직한 목소리로 고집을 부렸기 때문이다. 그는 보내달라고, 수학과에서 열리는 매우 중요한 세미나에서 발표해야 한다고 말했다.

우리가 세상을
이해하길 멈출 때

"슈뢰딩거 방정식의 물리적 측면을 곱씹을수록 혐오감이 커진다네. …… 슈뢰딩거의 글은 도통 이치에 맞지 않아. 개소리라는 생각이 든단 말일세."

_베르너 하이젠베르크가 볼프강 파울리에게 보낸 편지

머리말

1926년 7월 오스트리아의 물리학자 에르빈 슈뢰딩거는 인간 정신이 이제껏 만들어낸 방정식 중 가장 기이하고 막강한 것 중 하나를 발표하려고 뮌헨에 갔다.

그는 원자의 내부에서 일어나는 현상을 기술하는 간단한 방법을 발견하여 하룻밤 새 세계적 슈퍼스타가 되어 있었다. 공기와 물에서 파동의 움직임을 예측할 때와 비슷한 공식을 이용하여, 슈뢰딩거는 불가능해 보이는 것을 성취했다. 양자 세계의 혼돈을 다스림으로써 핵 주위를 도는 전자의 궤도를 너무나 우아하고 정묘하고 기이하여 어떤 사람들은 망설임 없이 "초월적"이라고 부른 방정식으로 규명한 것이다.

하지만 슈뢰딩거 방정식의 가장 큰 매력은 아름다움이나

우리가 세상을 이해하길 멈출 때

온갖 자연 현상을 기술하는 능력이 아니었다. 물리학계를 송두리째 매료한 것은 실재의 가장 작은 차원에서 일어나는 일을 시각적으로 표현할 수 있게 되었다는 사실이었다. 물질을 가장 기본적인 성분에까지 조사해들어가겠다는 야심을 품은 사람들에게 슈뢰딩거 방정식은 아원자 영역의 어둠을 흩어 그때까지 신비의 장막에 가려 있던 세계를 드러내줄 프로메테우스의 불이었다.

슈뢰딩거의 이론은 기본 입자가 파동과 비슷하게 행동한다는 사실을 입증하는 듯했다. 기본 입자가 정말로 파동의 성질을 가졌다면 잘 알려진 법칙들을 따를 것이었다. 지구상의 모든 물리학자가 받아들일 수 있는 법칙들 말이다.

한 사람만 빼고.

베르너 카를 하이젠베르크는 뮌헨에서 열리는 슈뢰딩거의 세미나에 참석하려고 돈을 빌려야 했으며, 기차 승차권을 사고 나니 허름한 학생용 하숙집에 묵을 돈밖에 남지 않았다. 하지만 하이젠베르크는 일개 참석자가 아니었다. 나이는 스물셋에 불과했지만 동료들은 이미 그를 천재로 여겼다. 슈뢰딩거와 똑같은 문제를 규명하는 일련의 규칙을, 그것도 여섯 달 앞서 처음으로 정식화했기 때문이다.

두 이론은 더 다를 수 없을 만큼 달랐다. 슈뢰딩거는 방정식 하나로 현대 화학과 물리학을 사실상 모조리 기술할 수 있었던 데 반해 하이젠베르크의 개념과 공식은 유난히 추상적이었고 철학적으로 혁명적이었으며 지독히 복잡하여 한 줌의 물리학자들 말고는 아무도 이해할 수 없었는데, 심지어 그들도 가장 간단한 문제를 풀 때조차 두통을 앓았다.

뮌헨 학회에는 빈자리가 하나도 없었다. 하이젠베르크는 객석 계단에 앉아 손톱을 물어뜯으며 슈뢰딩거의 발표를 들어야 했다. 그는 강연이 끝날 때까지 자제할 수 없었다. 슈뢰딩거의 강연이 중반에 도달했을 때 벌떡 일어나 모든 참석자의 놀란 눈을 뒤로하고 칠판으로 걸어가서는 전자는 파동이 아니며 아원자 세계는 결코 시각적으로 표현할 수 없다고 외쳤다. "그건 당신이 상상할 수 있는 것보다 훨씬 기이하단 말입니다!" 백 명이 그에게 조용히 하라며 야유를 보냈는데, 어찌나 소란하던지 슈뢰딩거가 나서서 하이젠베르크의 말을 들어보자고 중재해야 할 정도였다. 하지만 청중에게 원자에 대한 자신들의 관념을 버리라고 요구하는 젊은이에게 귀를 기울이고 싶은 사람은 아무도 없었다. 누구도 그가 보는 것처럼 보고 싶어하지 않았다. 하이젠베르크가 슈뢰딩거

우리가 세상을 이해하길 멈출 때

의 이론을 반박하는 내용으로 칠판을 채우기 시작하자 사람들이 그를 계단 위로 떠밀어 강의실 밖으로 내쫓았다. 그의 요구는 지나친 것이었다. 물질의 가장 작은 차원을 바라보는데 왜 과학자들이 상식을 버려야 한단 말인가? 하이젠베르크는 질투심에 사로잡힌 것이 틀림없었다. 어쨌거나 슈뢰딩거의 개념들이 그의 발견을 완전히 무색게 하여 역사에서 그의 자리를 없애버리지 않았던가.

하지만 하이젠베르크는 그들이 전부 틀렸음을 알고 있었다. 전자는 파동도 입자도 아니었다. 아원자 세계는 그들이 이제껏 알고 있던 그 무엇과도 달랐다. 이것은 그에게 절대적으로 확실한 사실이었다. 확신이 어찌나 깊던지 말로 표현할 수조차 없었다. 무언가가 그에게 드러났기 때문이었다. 어떤 설명도 허락하지 않는 무언가. 하이젠베르크는 사물의 심장에 있는 시커먼 핵을 엿보았다. 이 모습이 진짜가 아니라면 그의 모든 고통은 헛된 것이었을까?

I
헬골란트의 밤

뮌헨 학회가 열리기 1년 전 하이젠베르크는 괴물이 되었다.

1925년 6월, 괴팅겐대학교에서 일하다 꽃가루 알레르기 반응으로 얼굴이 일그러져 알아볼 수 없을 지경이 된 것이다. 입술은 상한 복숭아처럼 피부가 금세라도 벗겨질 것 같았으며 눈꺼풀이 하도 부풀어 앞이 거의 보이지 않았다. 봄날을 하루도 더 견딜 수 없었기에 자신을 고문하는 미세 입자들로부터 최대한 멀리 달아나려고 배를 탔다.

운명은 그를 독일의 유일한 외해外海 섬 헬골란트(번역하면 '성스러운 땅'이라는 뜻)로 이끌었다. 이곳은 무척이나 건조하고 날씨가 궂어서 땅에서는 나무가 거의 자라지 않았고 바위 틈새에서는 꽃 한 송이 피지 않았다. 그는 항해 내내 선실에

처박혀 구역질하고 구토했다. 섬의 붉은 흙에 발을 디뎠을 땐 어찌나 괴로웠던지, 양자 세계의 신비를 풀겠노라 결심한 뒤로 자신을 괴롭힌 온갖 신체적·정신적 고통을 가장 신속하게 해결하는 방법을 떠올리며 머리 위로 70미터 이상 솟은 가파른 절벽에 눈길을 주지 않으려고 무척 애를 써야 했다.

동료들이 새로운 개념을 탐구하고 점점 더 복잡하고 정확한 계산을 시도하면서 물리학의 새로운 황금시대를 만끽하던 것과 달리 하이젠베르크는 이 분야의 토대에 근본적 결함이 있다고 생각했으며 이 때문에 괴로워했다. 그 결함이란 아이작 뉴턴의 시대 이래로 거시 세계에 그토록 완벽하게 들어맞던 법칙들이 원자 내부에만 적용할라치면 와르르 무너진다는 사실이었다. 하이젠베르크는 기본 입자들의 실체를 알고 싶었으며 모든 자연 현상의 공통된 뿌리를 파헤치고 싶었다. 하지만 지도 교수 몰래 추구한 그 특이한 강박은 그를 완전히 고갈시켰다.

방을 예약한 작은 호텔에서 그를 맞이한 여인은 그의 모습을 보고서 놀람을 감추지 못했다. 그녀는 이 젊은이가 바다를 건너다 술 취한 선원에게 두들겨맞은 줄 알고서 경찰을 부르라고 닦달했다. 하이젠베르크가 단지 알레르기 때문이라고 해명하자 로젠탈 부인은 그가 완치될 때까지 돌봐주겠다고 맹세했으며 이 물리학자를 마치 자신의 외동아들처럼 헌신적으로 보살폈다. 수시로 그의 방에 들이닥쳐 냄새 고약한 '기적의' 영약을 억지로 먹였는데, 하이젠베르크는 마시는 시늉만 하고 구역질을 참았다가 여인이 방에서 나가면 창밖으로 뱉었다.

헬골란트에서 처음 며칠을 보내는 동안 하이젠베르크는 신체 활동 계획을 철저히 지켰다. 새벽마다 바다에 뛰어들어 우람한 노초露礁까지 헤엄쳐갔다 왔는데, 호텔 주인 말로는 독일 최대의 해적 보물이 노초에 숨겨져 있다고 했다. 하이젠베르크는 완전히 탈진하여 익사하기 직전에야 해변에 돌아왔다. 그가 이 기이한 습관을 들인 것은 어릴 적으로, 부모의 집에 있는 연못을 누가 더 많이 헤엄쳐 도는지 형제들과 경쟁하면서였다. 하이젠베르크는 연구에서도 이처럼 끈기를 발휘했는데, 황홀경에 빠져 먹는 것, 심지어 자는 것도 잊은 채 며칠씩 몰두하곤 했다. 만족스러운 결과를 얻지 못하면 신경 쇠약 직전까지 갔으며 만족스러운 결과를 얻으면 드높은, 거의 종교적인 환희에 빠졌다. 친구들은 그가 이 찰나적 경험에 서서히 중독되었다고 생각했다.

그는 호텔 창문에서 망망대해의 풍경을 음미했다. 질주하는 파도가 수평선에서 사라지는 광경을 보면 멘토인 덴마크의 물리학자 닐스 보어의 말을 떠올리지 않을 수 없었다. 보어는 바다의 미칠 것 같은 넓이를 눈 한 번 깜박이지 않은 채 응시할 수 있는 사람은 영원의 한 조각이 놓여 있는 곳에 가닿을 수 있다고 말했다. 지난여름 두 사람이 괴팅겐 주변의 산에 올랐을 때 하이젠베르크는 그 오랜 산행 뒤에야 자신의 학문적 여정이 비로소 시작되었다고 느꼈다.

보어는 물리학의 세계에 우뚝 선 거인이었다. 20세기 전반부에 그와 비길 만한 영향력을 누린 과학자는 친구이자 라이벌 알베르트 아인슈타인뿐이었다. 보어는 일찍이 1922년에 노벨상을 받았으며 젊은 인재를 발굴하여 자신의 날개 밑에 두는 일에 재능이 있었다. 하이젠베르크의 경우도 마찬가지였다. 보어는 산을 거닐며 이 젊은 물리학자에게 말했다. 원자를 묘사할 때 언어는 시와 같은 역할만 할 수 있다고. 하이젠베르크는 보어와 함께 걸으면서 아원자 세계가 거시 세계와 극단적으로 다르다는 사실을 처음으로 직감했다. 보어는 하르츠 산지의 산덩이를 가늠하다가 그에게 말했다. "고작 흙 입자 하나에 원자 수십억 개가 들어 있다면 대체 어떤 방법을 써야 그토록 작은 것에 대해 유의미하게 이야기할 수 있겠나?" 시인과 마찬가지로 물리학자 또한 세상의 사실들을 단순히 묘사하는 것이 아니라 은유와 정신적 연결을 만들어 내야 한다는 뜻이었다. 그해 여름 이후로 하이젠베르크는 위치, 속력, 운동량 같은 고전 물리학의 개념들을 아원자 입자에 적용하는 것은 완전히 미친 짓임을 깨달았다. 자연의 미시적 측면을 묘사하려면 전혀 새로운 언어가 필요했다.

헬골란트에서 요양하는 동안 하이젠베르크는 극단적 제약을 추구해보기로 마음먹었다. 원자 안에서 일어나는 모든 것을 실제로 알려면 어떻게 해야 할까? 전자는 핵 주위를 돌면서 에너지 준위가 달라질 때마다 빛 입자인 광자를 방출한다. 이 입자는 감광판에 자국을 남기는데, 모호한 양자 세계에서 유일하게 밖으로 드러나는 이 빛은 광자에 대해 직접 측정할 수 있는 유일한 정보다. 하이젠베르크는 나머지 모든 것은 머릿속에서 지워버리기로 마음먹었다. 그는 이 앙상한 데이터로만 무장한 채, 미시적 규모에서 존재를 지배하는 규칙을 도출할 작정이었다. 어떤 관념에도, 어떤 이미지에도, 어떤 모형에도 기대지 않을 생각이었다. 실재에 대해 무엇을 말할 수 있고 무엇을 말할 수 없는가는 실재 자체가 결정하게 될 터였다.

알레르기가 가라앉아 다시 본격적으로 연구할 수 있게 되자 그는 데이터를 무수한 표로 정리하여 복잡한 행렬 집합을 구성했다. 퍼즐 상자 뚜껑을 잃어버린 아이가 원래 그림에 개의치 않고 그저 퍼즐 조각을 맞추는 기쁨을 만끽하듯 그는 데이터를 배열하고 재배열하며 시간을 보냈다. 그러자 미묘한 관계가 조금씩 파악되기 시작했다. 행렬을 더하고 곱했더니 점점 추상적으로 바뀌는 새로운 형태의 대수代數가 모습을 드러냈다. 그는 이 행렬들을 장난감처럼 가지고 놀면서 눈을 땅에 붙박은 채 섬을 구불구불 가로지르는 길을 따라 정처 없이 걸었다. 계산이 진척될 때마다 그는 현실과 점점 멀어졌다. 도출해내는 연산이 복잡해질수록 그 바탕의 논리는 점점 모호해졌다. 저 추상적 숫자의 목록과 발치에 널브러진 돌멩이의 구체적 분자 사이에 어떤 관계가 존재할 수 있을까? 고귀한 물리학자보다는 비천한 회계사에게 더 어울리는 표에서 출발하여 현대적 원자 개념을 조금이나마 닮은 무언가에 도달하려면 어떻게 해야 할까? 핵이 작은 태양이고 전자들이 행성처럼 그 주위를 공전하는 유치하고 단순한 이미지를 하이젠베르크는 혐오했다. 그가 상상하는 원자에서는 이런 정신적 표상이 사라졌다. 작은 태양은 손가락에 눌려 짓이겨졌고 팽이처럼 돌던 전자는 회전을 멈추고 형체 없는 안개로 흩어졌다. 남은 것은 숫자뿐이었다. 섬의 양끝을 가르는 땅처럼 황량한 풍경이었다.

야생마떼가 발굽으로 지축을 흔들며 지나갔다. 하이젠베르크는 말들이 이런 황무지에서 어떻게 살아남았는지 이해할 수 없었다. 그는 말 발자국을 따라 석고 채석장에 이르자 독일 전역에서 화석 산지로 명성이 자자한 이 섬의 화석을 찾아 돌덩이를 쪼개며 시간을 때웠다. 그날 오후 내내 버려진 채석장에 돌덩이를 던졌다. 수천 조각으로 부서지는 돌덩이는 제2차세계대전 종전 이후 영국이 헬골란트에서 저지른 폭력을 예고했다. 그들은 쓰고 남은 탄약, 어뢰, 지뢰를 섬 한가운데에 모조리 쌓은 다음 핵폭발을 제외하고는 역사상 최대 규모의 폭발을 일으켰다. 이 빅뱅 작전의 충격파는 60킬로미터 떨어진 곳의 유리창까지 산산조각냈으며 3000미터 높이의 칠흑 같은 연기 기둥을 뿜어 올렸다. 20년 전 하이젠베르크가 해넘이를 보려고 오른 언덕은 가루가 되었다.

그가 낭떠러지 끝에 거의 다 왔을 때 짙은 안개가 섬을 덮

우리가 세상을 이해하길 멈출 때

었다. 하이젠베르크는 호텔로 돌아가야겠다고 생각했지만 뒤를 돌아보니 길이 온데간데없었다. 그는 안경 렌즈를 닦고 주위를 둘러보며 벼랑에서 무사히 벗어날 수 있는 기준점을 찾으려 했다. 안개가 옅어지자 전날 오후에 오르려던 거대한 바위를 알아볼 수 있을 것 같았지만 이내 안개가 다시 한번 그를 에워쌌다. 그는 방향 감각을 완전히 잃었다. 잔뼈 굵은 산악인이 다 그렇듯 그는 대수롭지 않은 산행이 비극으로 끝난 이야기를 수십 가지는 알고 있었다. 한 발만 잘못 디디면 두개골이 바스러질 수도 있었다. 그는 침착하려 했지만 주변의 모든 것이 달라져 있었다. 바람이 윙윙거렸고 땅에서 먼지가 흩날려 눈이 따가웠으며 햇빛은 안개를 뚫지 못했다. 발치에서 그나마 알아볼 수 있는 갈매기 뼈와 구겨진 사탕 봉지는 기이하게 적대적으로 보였다. 몇 분 전만 해도 하도 더워서 외투를 벗어야 했는데 이젠 추위가 손의 피부를 물어뜯었다. 그는 어느 방향으로도 나아갈 수 없게 되자 주저앉아 공책을 뒤적였다.

그는 그 시점까지 자신이 들인 수고가 모두 무의미하게 느껴졌다. 그가 스스로에게 가한 제약은 터무니없는 것이었다. 그런 식으로 어둠을 드리워 원자에 빛을 비추는 것은 불가능했다. 자기 연민의 물결이 내면에서 붇기 시작할 때 돌풍에 안개가 갈라지며 마을로 내려가는 길이 드러났다. 그는 벌떡 일어나 내달렸지만, 안개는 흩어진 것만큼 잽싸게 다시 뭉쳤다. 그는 이렇게 혼잣말했다. 나는 길이 어딘지 알아. 조금만 더 가까이 가서 주변의 사소한 지물에 주의를 기울이면 돼. 10미터만 가면 그 부서진 돌이 나오고, 20미터만 가면 그 유릿조각이 나오고, 100미터만 가면 그 휘어진 나무뿌리가 나올 거야. 하지만 주위를 한 번만 둘러보아도, 자신이 도로 쪽으로 가고 있는지 낭떠러지 쪽으로 곧장 걸어가고 있는지 도무지 알 수 없다는 사실을 분명히 알 수 있었다. 다시 주저앉으려는 찰나 사방에서 둔탁한 우렛소리가 들렸다. 굉음은 땅을 흔들며 점점 커졌으며 급기야 발치의 자갈이 마치 살아 있는 듯 춤추기 시작했다. 그는 시야 가장자리에서 빠르게 움직이는 그림자들을 분간할 수 있을 것 같았다. 저건 말이로군. 쿵쾅거리는 심장을 가라앉히려 애쓰며 그가 스스로에게 말했다. 눈먼 채 안갯속을 내달리는 말들일 뿐이야. 하지만 하늘이 맑게 개어 말들을 찾아보았을 땐 발자국 하나 보이지 않았다.

그뒤로 며칠 동안 그는 방에 틀어박혀 이 닦는 것조차 잊

우리가 세상을 이해하길 멈출 때

은 채 지칠 줄 모르고 일했다. 로젠탈 부인이 들이닥쳐 방에
서 송장 냄새가 난다며 그를 내보내지 않았다면 계속 그랬
을 것이다. 하이젠베르크는 부두로 내려가며 코를 옷에 대고
킁킁거렸다. 마지막으로 셔츠를 갈아입은 게 언제였더라? 그
는 땅을 보며 걸었는데, 관광객들의 시선을 피하는 데 정신
이 팔린 나머지 자신의 주의를 끌려던 젊은 여인과 부딪힐
뻔했다. 호텔 주인 말고는 누구와도 이야기를 나누지 않은
지 오래된 터라, 반짝이는 눈과 곱슬거리는 머리카락의 여자
가 자신에게 빈민 구제용 기념품을 팔려 한다는 사실을 깨
닫기까지 시간이 좀 걸렸다. 하이젠베르크는 호주머니를 뒤
적였지만 단돈 1마르크도 찾을 수 없었다. 젊은 여인은 얼굴
을 붉히며 그에게 부담스러워 말라고 했지만 하이젠베르크
는 가슴이 철렁 내려앉았다. 내가 이 버림받은 섬에서 뭘 하
고 있는 거지? 그가 여인을 쳐다보는 동안, 술 취한 멋쟁이들
이 여자친구에게 팔을 두르고 걷다가 그녀를 둘러쌌다. 그는
자신이 섬 전체를 통틀어 유일한 홀몸임을 알아차리고는 야
릇한 위화감에 사로잡혀 돌아섰다. 산책로의 가게들은 대규
모 폭격으로 탄화된 잔재처럼 보였다. 낯선 사람들이 주위에
우글거렸는데, 그들의 살갗은 하이젠베르크에게만 보이는 불

에 새카맣게 타버렸다. 어린 여자아이들은 갈래머리에 불이 붙은 채 뛰어다녔으며 커플들은 팔짱을 끼고 화장터에서처럼 함께 불타며 웃음을 터뜨렸다. 불꽃은 그들의 몸을 핥고서 하늘로 뻗어 올라갔다. 하이젠베르크는 다리의 떨림을 주체하려 애쓰며 자리를 피했지만, 귀가 먹을 듯한 비명이 그의 귀청을 찔렀으며 빛줄기가 구름을 꿰뚫고서 그의 뇌에 구멍을 뚫었다. 그는 편두통을 예고하는 전조에 눈이 머는 듯했고 구역질과 마치 누군가 그의 머리를 둘로 쪼개려는 듯 이마에서 관자놀이로 퍼지는 지독한 통증을 참으며 호텔로 달음질했다. 그는 다리를 질질 끌며 위층에 올라가 졸도하듯 침대에 쓰러져 고열로 오들오들 떨었다.

욕지기를 억누를 수 없었음에도 그는 섬 주변 산책을 포기하지 않았다. 마치 개가 영역을 표시하듯 쪼그려 앉아 똥을 싸고 자신의 오물을 덮을 돌멩이를 그러모았다. 바지를 발목까지 내린 모습을 누군가에게 들키는 광경을 상상하면서. 그는 호텔 주인이 자신에게 억지로 먹인 물약이 독약이라고 확신했다. 구토와 설사로 몸무게가 줄어들수록 약의 분량은 더욱 늘어났다. 더는 침대에서 일어나지 못하게 되자(침대는 다리를 쭉 뻗기조차 힘들었다) 그는 옷을 껴입을 수 있는 만

우리가 세상을 이해하길 멈출 때

큼 껴입고서 '이열치열'로 다섯 겹 담요를 목까지 끌어올렸다. 이것은 어머니에게서 배운 민간요법으로, 그는 효과를 조금도 의심하지 않았다. 아무리 불편해도 의사에게 몸을 내어주는 것보다는 나았다.

그는 머리부터 발끝까지 땀범벅이 되어서는, 전 투숙객이 놔두고 간 괴테의 『서동시집』을 종일 암기했다. 시를 큰 소리로 거듭거듭 낭송했는데, 몇몇 구절은 그의 방 너머로 호텔의 텅 빈 복도에까지 울려퍼져 다른 투숙객들을 어리둥절하게 했다. 그들에게는 마치 유령의 속삭임처럼 들렸다. 괴테가 1819년에 쓴 이 시집은 하피즈라는 이름으로 알려진 수피 신비가 콰자 샴스웃딘 무함마드 하피즈 에 시라지에게 영감을 받았다. 이 독일인 천재는 부실한 번역으로 고국에서 출간된 14세기 페르시아의 위대한 시인을 만나자 자신이 이 책을 알게 된 것은 신의 뜻이라고 믿게 되었다. 괴테가 스스로를 하피즈와 얼마나 동일시했던지 그의 목소리는 완전히 달라져 400년 전 신의 영광과 포도주를 노래한 시인의 목소리와 어우러졌다. 하피즈는 술 취한 성인이자 신비가이자 쾌락주의자였다. 그는 기도, 시, 알코올에 자신을 바쳤다. 예순 살이 되자 사막의 모래밭에 원을 그리고는 한가운데 앉더니 강하고 고귀한 유일신 알라의 마음을 알기 전에는 일어나지 않겠노라 다짐했다. 그는 햇볕과 바람에 시달리며 침묵 속에서 마흔 날을 보냈다. 숨이 끊어지려는 찰나 그를 발견한 사람이 건넨 포도주를 마시며 단식을 끝낸 그는 내면에서 두 번째 의식이 깨어나 첫 의식에 겹쳐지는 것을 느꼈다. 그 또 다른 목소리는 그에게 500편의 시를 읊어주었으며 그 덕에 하피즈는 페르시아 문학의 최고봉이 되었다. 괴테도 『서동시집』을 쓰면서 도움을 받았지만 그의 영감은 신에게서가 아니라 친구의 아내 마리아네 폰 빌레머에게서 왔다. 그녀는 괴테 못지않게 열광적인 하피즈의 추종자였다. 두 사람은 책을 함께 썼는데, 성적 묘사로 가득한 편지를 주고받으며 초고를 퇴고했다. 편지에서 괴테는 그녀의 젖꼭지를 깨물고 입에 사정하는 상상을 하며 그녀는 괴테와의 항문 성교를 꿈꾼다. 하지만 두 사람이 만난 것은 한 번뿐이며 그들이 판타지를 실현할 수 있었으리라는 증거는 전혀 없다. 마리아네는 시집 속 하템의 연인 줄라이카의 목소리로 동풍에게 바치는 노래를 지었지만, 죽기 전날 밤까지 이 사실을 비밀에 부쳤다. 이 구절을 하이젠베르크는 고열로 오들오들 떨며 큰 소리로 낭송했다. 하늘을 길들일 색깔은 어디 있는가? / 잿빛 안개가 내 눈을 멀게 한다. / 더 볼수록 덜 보인다.

하이젠베르크는 몸져누워서도 행렬 연구를 쉬지 않으려 들었다. 로젠탈 부인이 열을 내리려고 그를 차가운 붕대로 감싸고는 의사를 부르자고 설득했지만 그는 진동자, 분광선, 조화 진동으로 결합한 전자에 대해 열변을 토했다. 며칠만 더 있으면 자신의 몸은 병을 이겨낼 것이고 자신의 마음은 스스로를 가둔 미로에서 빠져나가는 길을 찾을 것이라고 장담했다. 페이지를 넘기기조차 힘들었지만 괴테의 시구를 계속해서 읽었는데, 한 편 한 편이 그의 가슴을 정면으로 겨눈 화살 같았다. 나는 죽음을 갈망하는 사람들만을 귀히 여긴다. / 불꽃 속에서 사랑이 나를 / 재 속에서 내 마음의 모든 상을 끌어안았다. 간신히 잠이 들면 수피 수도승들이 방 한가운데서 빙글빙글 도는 꿈을 꿨다. 하피즈는 취하고 벌거벗은 채 개처럼 짖으며 네 발로 그들을 쫓아다녔으며 그들을 궤도에서 벗어나게 하려고 터번을 집어던지고 포도주 잔을 집어던지고 빈 병을 집어던졌다. 그래도 그들이 삼매경에서 깨어나지 않자 한 명 한 명에게 오줌을 누어 튜닉의 새하얀 천에 누런 얼룩을 남겼다. 하이젠베르크는 저 패턴에서 자신의 행렬이 가진 비밀을 엿볼 수 있을 것 같았다. 그는 오줌 얼룩을 만지려고 손을 뻗었으나 반점들이 기다란 숫자 사슬이 되어 그의 주위에서 춤추며 그의 목에 점점 빡빡하게 죄어드는 바람에 숨쉬기조차 힘들었다. 이런 악몽은 에로틱한 꿈에 비하면 차라리 반가운 위로였다. 기력이 떨어질수록 음몽淫夢이 점점 강렬해져 그는 청소년기처럼 시트에 얼룩을 남겼다. 그는 로젠탈 부인이 시트를 갈지 못하게 하려고 애썼지만 그녀는 하루도 빠짐없이 그의 방을 구석구석 청소했다. 그가 느낀 수치심은 견디기 힘들 정도였다. 하지만 자위만은 참았다. 몸의 모든 정력을 연구에 쏟을 수 있도록 간수하고 싶었기 때문이다.

그는 숱한 밤을 불면증에 시달렸다. 그의 정신은 비몽사몽 간에 기이한 연결들을 이어 붙였으며 그 덕에 중간 단계를 건너뛰어 결론으로 직행할 수 있었다. 그는 뇌가 둘로 쪼개지는 것 같았다. 각 반구는 상대편과 소통할 필요성을 느끼지 않고 제멋대로 작동했으며, 이 때문에 그의 행렬은 일반적 대수학의 모든 규칙을 무시하고 꿈의 논리를 따랐다. 꿈속에서는 하나가 많음이 될 수 있었기에 두 양量을 곱하는 순서에 따라 해가 달라졌다. 3 곱하기 2는 6이지만 2 곱하기 3은 8일 수도 있었다. 스스로에게 이의를 제기하기엔 너무

우리가 세상을 이해하길 멈출 때

지쳤기에 그는 최종 행렬에 도달할 때까지 끊임없이 밀고 나갔다. 마침내 문제가 해결되자 침대에서 일어나 방을 뛰어다니며 "관찰할 수 없는 것! 상상할 수 없는 것! 생각할 수 없는 것!"이라고 외쳐 온 호텔을 깨웠다. 로젠탈 부인이 때맞춰 들어왔을 때 그는 오물 범벅이 된 잠옷 궁둥이에서 악취를 풍기며 바닥에 쓰러져 웅크리고 있었다. 그녀는 그를 달래 침대에 다시 뉘었으며 그가 환각을 들락날락하며 투덜거리는 것에 아랑곳없이 의사를 부르러 달려갔다.

하피즈가 침대 발치에 앉아 그에게 포도주를 건넸다. 하이젠베르크는 포도주를 받아 수염과 가슴을 적시며 벌컥벌컥 들이켜다 잔에 들어 있는 것이 시인의 피임을 깨달았다. 시인은 손목에서 피를 흘리며 격렬히 자위를 하고 있었다. 하피즈는 이렇게 읊조렸다. 이 모든 음식과 음료가 그대를 뚱뚱하고 무지하게 만들었다! 하지만 수면과 영양을 포기하면 그대는 한번 더 기회를 얻을 것이다. 거기 멍하니 앉아 생각에 잠겨 있지 말라. 밖에 나가 신의 바다에 몸을 잠그라! 머리카락 한 올 적시는 것으로는 지혜를 얻을 수 없다. 신을 보는 자는 의심하지 않는다. 그의 마음과 눈길은 순수하다. 멍하니 어리둥절해진 하이젠베르크는 혼령의 명령을 따르려 했지만 다시 열이 치밀었으며 치아가 걷잡을 수 없이 딱딱거렸다. 정신을 차리고 보니 바늘로 찌르는 듯한 따끔거림이 느껴졌다. 로젠탈 부인은 의사의 어깨에 기대 흐느끼고 있었으며 의사는 감기가 도졌을 뿐이고 다 잘될 것이라며 그녀를 안심시켰다. 하지만 두 사람 다 하피즈의 시신에 올라탄 괴테를 보지 못했다. 하피즈는 피가 모조리 빠져나갔지만 여전히 장엄한 발기 상태를 유지하고 있었고 괴테는 깜부기불을 불듯 입술로 하피즈의 음경을 되살리려 안간힘을 썼다.

하이젠베르크는 한밤중에 잠에서 깼다. 열은 내렸고 정신은 무척 명료했다. 그는 침대에서 일어나 자신이 몸과 완전히 분리된 것처럼 느끼며 기계적으로 옷을 입었다. 책상에 다가가 공책을 펼치자 행렬이 전부 완성되어 있었다. 그중 절반은 어떻게 도출되었는지 알 수 없었다. 그는 외투를 걸치고 쌀쌀한 바깥으로 나갔다.

하늘에는 별이 하나도 없었으며 달빛을 받은 구름뿐이었지만, 오랜 칩거로 눈이 어둠에 익숙해졌기에 망설임 없이 앞으로 나아갔다. 추위에 이골이 난 그는 절벽으로 이어지는 길을 따라 걸었다. 섬에서 가장 높은 지점에 당도하자 동이 트려면 아직 몇 시간이나 남았는데도 수평선 너머로 은은

한 빛이 감돌았다. 광선은 태양이 아니라 지구 자체에서 발산하고 있었다. 거대한 도시의 불빛인지도 모른다는 생각이 들었으나 하이젠베르크는 가장 가까운 도시조차 서쪽으로 100킬로미터 넘게 떨어져 있음을 알고 있었다. 그 빛이 그에게 도달할 방법은 전혀 없었다. 그런데도 그는 볼 수 있었다. 그는 얼굴을 후려치는 바닷바람을 맞으며 자리에 앉아 공책을 펴서 행렬을 검토했는데, 너무나 초조해서 연신 실수를 저지른 탓에 번번이 처음부터 시작해야 했다. 첫번째 행렬이 정합적임을 증명하고 나자 그는 자신의 몸을 느낄 수 있었다. 두번째 행렬을 증명할 때는 추위에 손이 떨렸다. 계산식 위아래의 연필 자국은 마치 미지의 언어로 쓴 기호 같았다. 그의 행렬은 모두 정합적이었다. 하이젠베르크는 오로지 직접적 관찰만을 바탕으로 양자계를 모형화한 것이었다. 그는 은유를 숫자로 대체했으며 원자 내부의 현상을 지배하는 규칙을 발견했다. 이 행렬 덕에 그는 서로 다른 시점에서 전자의 위치를 계산하고 전자가 다른 입자들과 어떻게 상호 작용하는지 기술할 수 있었다. 그는 비유를 전혀 동원하지 않고 오직 순수 수학만 이용하여 뉴턴이 태양계를 묘사한 것처럼 아원자 세계를 묘사했다. 어떻게 해서 이 결과에 도달했는지는 전혀 알 수 없었지만 공책에는 자신의 손으로 쓴 계산식이 버젓이 남아 있었다. 그가 옳다면 과학은 실재를 이해할 수 있을 뿐 아니라 가장 기본적 차원에서 다룰 수도 있게 될 터였다. 하이젠베르크는 이런 지식이 어떤 결과를 가져올지 생각하자 현기증이 났다. 머릿속이 어찌나 어질어질하던지 공책을 바다에 던지려는 충동을 가까스로 억눌렀다. 마치 원자 현상 너머에 있는 새로운 종류의 아름다움을 보고 있는 것 같았다. 들떠서 잠이 오지 않아 물위로 불쑥 튀어나온 바위를 향해 걸었다. 그는 바위 꼭대기에 올라가 가장자리에 걸터앉아 해돋이를 기다리며 파도가 아래쪽 바위들에 부딪치는 소리를 들었다.

괴팅겐대학교에 돌아온 하이젠베르크는 자신의 깨달음을 정식 논문으로 다듬기 위해 분투했다. 하지만 최종 논문은 조잡하다못해 순전히 엉터리처럼 느껴졌다. 궤도와 궤적, 위치와 속력에 대해서는 일언반구도 없었다. 모든 것이 숫자의 얽히고설킨 복잡한 그물로 대체되었으며 이것을 지배하는 규칙들은 구역질이 날 정도로 복잡하게 뒤엉켜 있었다. 아무리 간단한 계산도 어마어마한 노력을 요했으며, (심지어 그

우리가 세상을 이해하길 멈출 때

에게조차) 그의 행렬과 현실의 관계를 해독하는 것은 사실상 불가능했다. 그럼에도 행렬은 맞아떨어졌다. 그는 논문을 발표할 엄두가 나지 않아 닐스 보어에게 건넸으며 논문은 보어의 책상에 몇 주간 방치되어 있었다.

어느 날 아침 딱히 할일이 없던 보어는 논문을 뒤적거리다 이내 읽고 또 읽었는데, 읽을수록 빠져들었다. 하이젠베르크의 새로운 발견에 정신이 홀딱 팔려 밤에도 잠이 오지 않았다. 하이젠베르크의 성취는 전례가 없었다. 마치 테니스장에서 무슨 일이 벌어지는지 하나도 보지 못하고도 스타디움 밖으로 날아오는 공 몇 개만 가지고 윔블던의 모든 규칙(세트의 수, 잔디의 높이, 네트의 장력, 심지어 선수들이 반드시 흰색 경기복을 입어야 한다는 규정)을 알아내는 것 같았다. 보어는 하이젠베르크가 무슨 기상천외한 논리로 이 행렬을 만들어냈는지 도무지 짐작할 수 없었지만 이 젊은이가 근본적인 무언가를 발견했음은 알 수 있었다. 보어가 맨 처음 한 일은 아인슈타인에게 알린 것이었다. "곧 발표될 하이젠베르크의 최신 논문은 꽤나 알쏭달쏭해 보이지만 분명히 참이고 심오하며 어마어마한 영향을 미칠 것입니다."

1925년 9월 하이젠베르크는 『물리학 시보』 제33호에 「운동학적·역학적 관계에 대한 양자이론적 재해석에 대하여」를 발표했다. 양자역학을 최초로 정식화한 논문이었다.

II

공작의 파동

하이젠베르크의 개념들은 사람들을 어리둥절하게 했다.

비록 아인슈타인 본인은 '행렬 역학' 연구를 보물 지도처럼 높이 평가했지만 하이젠베르크의 개념들에는 참으로 혐오스러운 구석이 있었다. 아인슈타인은 친구 미켈레 베소에게 보낸 편지에 이렇게 썼다. "하이젠베르크의 이론은 최근의 연구들을 통틀어 가장 흥미롭네. 무한한 행렬식을 통합하고 좌표 대신 행렬을 이용하는 무지막지한 계산이지. 무척이나 기발하다네. 지독히도 복잡해서 쉽게 반증할 수가 없어." 하지만 아인슈타인이 혐오한 것은 공식의 불가사의함이 아니라 그보다 훨씬 중요한 것이었다. 하이젠베르크가 발견한 세계는 상식에 부합하지 않았다. 행렬 역학이 기술하는 것은 정상적이되 단지 상상할 수 없을 만큼 작은 물체가 아니라, 고전 물리학 관념으로는 이름 붙일 수조차 없는 실재의 측면이었다. 아인슈타인이 보기에 이것은 사소한 문제가 아니었다. 상대성의 아버지 아인슈타인은 시각적 표현의 달인이었다. 시간과 공간에 대한 그의 개념은 모두 자신을 극단적인 물리적 상황에 놓는 상상력에서 탄생했다. 이런 까닭에 그는 하이젠베르크가 요구하는 제약을 받아들이기가 꺼림칙했다. 더 멀리 보겠다고 두 눈알을 후벼낸 격이라는 생각이 들었기 때문이다. 아인슈타인은 하이젠베르크의 사고방식을 따라가 궁극적 결과에 도달하면 어둠이 물리학의 영혼에 스며들 것임을 직감했다. 하이젠베르크가 승리하면 마치 우연이 물질의 심장부에 깃들어 가장 기본적인 성분들과 떼려야 뗄 수 없이 묶인 듯 물리적 세계를 지배하는 법칙의 기본적 성격이 영영 모호하게 남을 터였다. 누군가 그를 막아야 했다. 하이젠베르크가 원자를 잡아넣은 상자를 누군가 부숴야 했다. 아인슈타인이 보기에 그 누군가는 독특한 젊은 프랑스인이었다. 화려한 만큼 수줍은 그의 이름은 루이 빅토르 피에르 레몽, 제7대 드 브로이 공작이었다.

프랑스에서 가장 이름난 가문 중 하나의 후손인 드 브로이는 누나 폴린 공녀公女의 사랑을 듬뿍 받으며 자랐다. 그녀는 그를 누구보다 흠모했으며, 회고록에서 그를 "곱슬머리는 푸들 같고 얼굴은 작고 활기차며 눈은 결의에 찬" 작고 호리호리한 소년으로 묘사했다. 어린 루이는 특권과 호사를 누렸으나 부모에게는 완전히 무시당했다. 이 애정 결핍을 메워준 것이 그의 누나였다. 그녀는 그의 모든 공상을 응원했다. "그는 저녁 식탁에서 쉬지 않고 나불거렸으며 가족들이 아무리 소리질러도 입을 다물지 못했다. 그에게 말은 억누를 수 없는 충동이었다! 그는 외로이 양육되면서 책을 많이 읽었고 완전히 비현실적인 세상에서 살았다. 기억력이 비상하여 고전극의 장면 전체를 무궁무진한 감수성으로 낭송할 수 있었지만, 전혀 대수롭지 않은 상황에서도 벌벌 떨었다. 비둘기를 두려워했고 개와 고양이를 무서워했으며 우리 아버지가 계단을 올라오는 구두 소리가 들리면 공황에 빠졌다." 소년은 역사와 정치에 남다른 관심을 보였기에(겨우 열 살짜리가 제3공화국 장관들의 이름을 모조리 암송할 수 있었다) 가족은 그가 외교계에 진출하리라 기대했지만, 그는 이내 형인 실험물리학자 모리스 드 브로이의 실험실에 매료되었다.

실험실은 가족 저택의 대부분을 차지하고도 모자라 점점

확장되더니 급기야 샤토브리앙가街의 모퉁이 하나를 독차지하기에 이르렀다. 한때 서러브레드 품종의 말들이 자던 마굿간에서는 거대한 엑스선 발생기가 웅웅거렸는데, 발생기와 주 실험실을 연결하는 굵은 케이블은 손님용 욕실의 변기를 통과했으며 모리스의 작업실 벽을 덮은 값진 고블랭 태피스트리를 꿰뚫었다. 아버지가 사망하자 어린 소공자는 형의 후견을 받게 되었다. 드 브로이는 과학 연구를 시작했으며, 형 모리스가 실험물리학에서 발휘한 것과 똑같은 소질을 이론물리학에서 발휘했다. 그의 형은 유럽에서 가장 저명한 학술회합인 제1차 솔베이회의에서 서기를 맡았는데, 양자물리학에 대한 형의 메모가 우연히 드 브로이의 눈에 띄었다. 언뜻 우연해 보이는 이 사건은 그의 인생 행로를 바꿨을 뿐 아니라 성격에도 특이한 변화를 일으켰다. 이탈리아 여행에서 돌아온 누나 폴린이 알아보지 못할 정도였다. "어릴 적 나를 즐겁게 한 어린 공작님은 완전히 사라졌다. 이제 그는 작은 방에 종일 틀어박혀 수학 입문서에 몰두했으며 반복되는 일정을 엄격히 지켰다. 무시무시한 속도로 그는 수도승 같은 삶을 영위하는 금욕적인 사람으로 변모했으며 언제나 눈 위로 살짝 늘어졌던 오른쪽 눈꺼풀이 이젠 눈을 뒤덮다시피 하여

우리가 세상을 이해하길 멈출 때

그의 멍하고 나약한 인상을 강조하는 바람에 외모가 안쓰러울 정도로 망가졌다."

1913년 드 브로이는 군역의 의무를 다하고자 공병대에 입대하는 치명적 실수를 저질렀다. 불과 두어 달 뒤에 제1차세계대전이 발발하리라는 사실을 전혀 예상하지 못한 것이다. 그는 전쟁이 끝날 때까지 에펠탑에서 전신 교환수로 복무하면서 적의 교신을 가로채는 장비를 관리했다. 타고난 겁쟁이에 평화주의자인 드 브로이는 군 생활이 버거웠으며 유럽의 전란이 자신의 정신에 미친 영향에 대해 종전 후 몇 년이 지나도록 격한 불만을 토로했다. 그는 다시는 예전의 자신으로 돌아갈 수 없게 되었다고 말했다.

전우 중에서 유일하게 그와 관계를 유지한 인물은 젊은 미술가 장바티스트 바세크였다. 유아기 이후 드 브로이의 첫번째 진짜 친구이던 바세크와 함께 근무한 것은 에펠탑에서 지루한 시간을 보내는 동안 그의 유일한 낙이었다. 두 사람의 친밀한 우정은 전역 이후에도 이어졌다. 바세크는 화가였지만, 정신병 환자, 지적 장애아, 마약 중독자, 알코올 중독자, 변태 성욕자, 성도착자 등이 제작한 시, 조각, 소묘, 회화 같은 이른바 아르 브뤼 작품을 방대하게 모아들인 수집가이기도 했다. 그는 그들의 왜곡된 시각에 미래의 신화가 움틀 씨앗이 들어 있다고 생각했다. 드 브로이는 장바티스트가 "가장 순수한 상태의 창조적 에너지"라고 부른 것에 나름의 쓰임새가 있으리라는 주장을 한 번도 수긍하지 않았지만, 미술에 대한 장바티스트의 열정이 물리학에 대한 자신의 편집광적 헌신을 닮았다고 생각했으며 두 사람은 드 브로이의 저택 응접실에 앉아 바깥세상에서 일어나는 일에 전혀 관심을 기울이지 않은 채 시간 가는 줄 모르고 대화를 나누거나 고요한 침묵 속에서도 오후 나절을 거뜬히 보낼 수 있었다.

드 브로이가 친구에 대한 자신의 애정이 얼마나 깊은지 알아차린 것은 바세크가 자살한 뒤였다. 바세크는 유서를 남기지 않았다. '사랑하는 루이'에게 자신의 소장품을 지켜달라고, 만에 하나 가능하다면 확충해달라고 간청하는 쪽지를 남겼을 뿐이었다. 루이는 친구의 마지막 소원을 충실히 따랐다.

드 브로이는 물리학 연구를 그만두었으며, 떠나보낸 연인의 유지遺旨를 잇는 일에 남다른 의지력과 적잖은 재산을 쏟아부었다. 그는 가문의 유산을 동원하여 프랑스의 모든 수용 시설과 유럽 전역의 훨씬 많은 수용 시설을 찾아다니며 환자들이 제작한 미술 작품을 종류 불문하고 사들였다. 완성된 작품을 수집했을 뿐 아니라 새 작품에 선금을 걸기도 했다. 병원 원장들에게 미술 재료를 가져다주었으며 일이 잘 풀리지 않으면 현금이나 어머니 소유의 보석을 뇌물로 건넸다. 거기서 그치지 않았다. 수용 시설을 싹쓸이한 뒤에는 발달 장애를 겪는 아동을 위한 재단을 설립했으며 아동 작가의 공급이 바닥나자 폭력범과 성범죄자에게 장학금을 지급했다. 마지막으로, 가톨릭 자선단체들에 접근하여 부랑자를 위한 숙소에 자금을 지원했으며 부랑자들에게 식량과 주거를 제공하는 대가로 시나 그림, 악보를 받았다. 궁전이 작품으로 가득차 종이 한 장 들일 공간조차 없게 되자 '인간의 광기'라는 대규모 전시를 발표했는데, 큐레이터에 친구의 이름을 올렸다.

개관식에 인파가 어찌나 몰렸던지 경찰관들은 사람들이 압사하지 않도록 출입문에 모인 구경꾼들을 해산해야 했다. 비평가들의 의견은 두 파로 극명하게 나뉘었다. 한쪽은 미술계가 극단적 데카당스(퇴폐주의)에 빠졌다고 비난했으며 다른 쪽은 다다이스트의 실험을 겉멋 든 한량의 소일거리로 보이게 할 만큼 참신한 예술 장르가 탄생했다며 찬사를 보냈다. 귀족 계급이 일삼던 기벽에 익숙한 프랑스 같은 나라에서조차 이 전시는 요령부득이었으며 드 브로이 공작이 자신의 연인을 기리기 위해 가문의 재산을 탕진했다는 소문이 사교계에 파다했다. 드 브로이는 (전시관 내 별실에 전시된) 장 바티스트의 그림을 매몰차게 조롱한 기사를 읽고는 유럽 내 모든 광인들의 작품과 더불어 스스로를 궁전에 유폐한 채 석 달간 누나 말고는 아무도 만나지 않았으며 누나가 문밖에 놓아둔 음식에는 손도 대지 않았다.

루이가 굶어 죽을 작정이라고 생각한 폴린은 오빠에게 도움을 청했다. 모리스는 궁전 출입문을 20분간 두드려도 답이 없자 산탄총을 가지고 돌아와 자물쇠를 부쉈다. 그러고는 동생을 요양원에 끌고 갈 하인 다섯 명을 대동하고 안에 들어가 동생을 외쳐 부르며 쓰레기 조각상들이 진열된 홀과 방을 돌아다녔다. 크레용으로 그린 끔찍한 장면들을 지나쳐 마침내 도착한 주 전시실에는 노트르담 대성당을 가장 작은 이무깃돌까지 완벽하게 재현한 작품이 놓여 있었다. 재료는 오로지 인분이었다. 격분하여 발걸음이 빨라진 그가 꼭대기 층 침실에 들어섰을 때 예상한 것은 동생 루이가 설령 죽지 않았더라도 지저분하고 영양실조에 걸린 광경이었는데, 놀랍게도 동생은 벨벳 양복을 걸쳤고 콧수염과 머리카락을 최근

우리가 세상을 이해하길 멈출 때

다듬었으며 얼굴에 환한 미소를 띤 채 어릴 적처럼 눈을 반짝이며 가느다란 담배를 피우고 있었다.

"모리스 형." 드 브로이는 마치 둘이서 좀전에 오후를 함께 보낸 것처럼 자연스럽게 형에게 종이 뭉치를 건넸다. "내가 정신을 잃은 건지 얘기해줘."

두 달 뒤 루이 드 브로이는 자신의 이름을 역사에 길이 남길 개념들을 발표했다. 이 개념들이 실린 그의 박사 논문 제목은 참으로 소박하게도 「양자 이론에 대한 연구」였다. 그는 어안이 벙벙한 대학 심사위원회 앞에서 논문 심사를 받았는데, 그들을 잠들게 할 만큼 단조로운 어조로 발표를 마친 뒤 방에서 나갔다. 그는 학위를 받게 될 것인지 알 수 없었다. 심사위원들이 그의 발표를 조금도 이해할 수 없었기 때문이다.

드 브로이는 새된 콧소리로 단언했다. "현 상태의 물리학에는 거짓된 신조들이 들어앉아 있으며 이것들은 우리의 상상력에 암담한 영향을 미칩니다. 한 세기 넘도록 우리는 지상의 현상을 두 분야로 나눴습니다. 하나는 고체의 원자와 입자이고 다른 하나는 빛나는 에테르의 바닷속으로 퍼져나가는 무형의 빛 파동입니다. 하지만 이 두 계를 계속 떼어놓을 수는 없습니다. 입자와 파동의 다양한 상호 작용을 설명하는 하나의 이론으로 둘을 통합해야 합니다. 우리의 동료 알베르트 아인슈타인은 이 방향으로 첫걸음을 내디뎠습니다. 지금으로부터 20년 전 그는 빛이 단순한 파동이 아니라 에너지 입자를 담고 있다고 추론했습니다. 광자는 밀집한 에너지에 지나지 않으며 빛의 파동 속에서 이동합니다. 많은 사람들은 이 개념의 진실성을 의심했습니다. 이것이 우리에게 보여주는 새로운 길을 보지 않으려고 눈을 감으려던 사람들도 있었습니다. 오해가 없길 바라며 말씀드리자면, 그 이유는 이것이 이론의 여지가 없는 혁명이기 때문입니다. 여기서 우리는 물리학에서 가장 중요한 대상인 빛에 대해 이야기하고 있습니다. 빛은 우리로 하여금 이 세상의 형태를 보게 해줄 뿐 아니라 은하의 나선 팔을 장식하는 별들과 물질의 숨겨진 심장을 보여줍니다. 하지만 이 대상은 홀이 아니라 쌍입니다. 빛은 두 가지 방식으로 존재합니다. 그러므로 빛은 우리가 자연의 무수한 형태를 담으려고 만든 모든 범주를 초월합니다. 빛은 파동이자 입자로서 두 가지 별개의 질서에 깃들어 있으며 야누스의 두 얼굴처럼 상반되는 정체를 가지고 있습니다. 로마의 신 야누스와 마찬가지로 빛 또한 이산

우리가 세상을 이해하길 멈출 때

적인 것과 연속적인 것, 국지적인 것과 확산적인 것의 모순된 성질을 표출합니다. 이 사실에 반대하는 사람들은 이렇게 새로운 정설을 받아들이려면 이성과 결별해야 한다고 주장합니다. 그들에게 저는 이렇게 말합니다. 모든 물질에는 그런 이중성이 있다고 말입니다! 빛뿐 아니라 하느님께서 우주를 지으신 재료인 원자 하나하나 또한 이 두 겹의 성질을 가지고 있습니다. 심사위원님들께서 손에 들고 계신 논문은 전자이든 광자이든 물질의 각 입자와 관계를 맺고서 공간을 이동하는 파동이 존재한다는 사실을 분명히 밝히고 있습니다. 제 추론을 의심하시는 분이 많으리라 생각합니다. 고백건대 이것은 고독의 결실입니다. 입자의 이런 성격이 기이하다는 것을 인정합니다. 만일 이것이 거짓으로 밝혀진다면 어떤 비난이라도 달게 받겠습니다. 하지만 오늘 저는 만물이 두 가지 방식으로 존재할 수 있으며 그 무엇도 겉으로 보이는 것만큼 단단하지 않음을 절대적 확실성을 품고서 말씀드리고 싶습니다. 나뭇가지 위에 한가로이 앉아 있는 참새를 맞히려고 아이가 손에 든 돌멩이가 물처럼 손가락 사이로 흘러내릴 수도 있다는 것입니다."

드 브로이는 정신을 잃었다.

아인슈타인이 1905년 '입자와 파동의 이중성'을 주장했을 때 다들 그가 선을 넘었다고 판단했다. 비판자들은 이렇게 생각했다. 물론 빛은 비물질적이니 이런 기이한 형태로 존재할 수도 있겠지. 하지만 물질은 고체 아닌가. 그들은 물질이 파동처럼 행동하리라는 것을 상상조차 할 수 없었다. 빛과 물질은 달라도 너무 달랐다. 결국 물질의 입자는 작은 금알갱이와 같아서 한정적 공간에 존재하며 세상에서 그 하나의 장소만을 점유한다. 입자의 정확한 위치를 시시각각 확인할 수 있는 것은 그 물질이 밀집해 있기 때문이다. 같은 이유로, 앞쪽으로 발사된 물체는 장애물에 부딪히면 뒤로 튕겨져 나가 특정한 점에 떨어진다. 이에 반해 파동은 드넓은 바다의 물처럼 끝없는 수면을 따라 뻗어 있으며 이런 식으로 동시에 여러 위치에 존재한다. 파동은 바위에 부딪히면 바위를 에돌아 제 길을 간다. 정면으로 마주친 두 파동은 서로 상쇄하여 소멸할 수도 있고 아무 일 없었던 것처럼 그대로 진행할 수도 있다. 해변에서 부서지는 파도는 바닷가의 모든 장소를 동시에 때리지 않으면서도 여러 장소를 때린다. 입자와 파동이라는 두 현상은 본질 면에서 대립하고 모순되며 행동 면에서 상반된다. 그럼에도 드 브로이에 따르면 모든 원자는 빛

우리가 세상을 이해하길 멈출 때

과 마찬가지로 파동이자 입자이며 때로는 파동처럼 때로는 입자처럼 행동한다.

드 브로이의 주장은 당대의 통념에 전혀 부합하지 않았기에 심사위원회는 그의 발표를 어떻게 평가해야 할지 막막했다. 박사 논문에서 물질을 전혀 새로운 방식으로 상상하라고 요구하는 것은 무척 드문 일이었다. 심사위원회는 소르본의 권위자 세 명(노벨상 수상자인 장바티스트 페랭, 저명한 수학자 엘리 카르탕, 결정학자 샤를 빅토르 모갱)과 콜레주 드 프랑스에서 초빙된 교수 폴 랑주뱅으로 구성되었다. 하지만 그들 중 누구도 젊은 드 브로이의 혁명적 개념을 이해할 수 없었다. 모갱은 물질파의 존재를 받아들이기를 거부했다. 페랭은 루이가 박사 학위를 받았는지 궁금해하는 모리스 드 브로이에게 보낸 편지에서 이렇게 실토했다. "내가 말할 수 있는 것은 당신 동생이 무척 명민하다는 것뿐이오." 랑주뱅도 무어라 말해야 할지 몰랐다. 그는 물리학의 교황 알베르트 아인슈타인이 저 새침한 프랑스인의 주장을 이해할 수 있는지 알고 싶어서 논문 복사본을 보냈다.

아인슈타인은 답장하지 않았다.

몇 달이 지나자 랑주뱅은 우편이 도중에 유실되었을까봐

걱정이 들었다. 소르본대학교에서 최종 판정을 독촉하자 그는 아인슈타인에게 두번째 편지를 보내 논문을 읽을 시간이 있는지, 논문이 조금이라도 말이 되는지 물었다.

이틀 뒤에 도착한 답장은 드 브로이를 직접적으로 축성祝聖하는 내용이었다. 아인슈타인은 드 브로이의 연구를 물리학이 나아갈 새로운 방향의 출발점으로 평가했다. "그는 거대한 장막의 끄트머리를 들췄습니다. 이것은 우리 세대의 가장 무시무시한 난제인 양자 세계의 딜레마를 꿰뚫는 최초의 연약한 빛줄기입니다."

III
귓속의 진주

1년 뒤 드 브로이의 논문이 한 물리학자의 손에 들어갔다. 명석하지만 실패한 그 인물의 머릿속에서 물질파는 어마어마한 규모로 증폭되었다.

전간기에 에르빈 루돌프 요제프 알렉산더 슈뢰딩거는 유럽을 송두리째 휩쓴 역경을 적잖이 겪었다. 파산했고 결핵에 걸렸으며 아버지와 할아버지가 몇 년에 걸쳐 쇠약해져 사망하는 모습을 지켜보았다. 그와 더불어 개인적으로나 직업적으로나 잇따라 수모를 겪으며 한때 창창하던 앞날도 엉망진창이 되었다.

그에 비하면 대전大戰은 비교적 평온한 사건이었다. 1914년 그는 오스트리아·헝가리 군에 장교로 입대하여 이탈리아의 베네토 벌판에서 소규모 포병 부대를 지휘하는 임무를 맡았다. 이탈리아로 떠날 때 권총 두 정을 사비로 구입했지만 쓸 일은 한 번도 없었으며 얼마 뒤에 이탈리아 북부 알토아디제 산맥의 요새로 전출되었다. 그가 고산 지대의 맑은 공기를 음미하는 동안 2000미터 아래에서는 수많은 병사들이 자신의 무덤이 될 참호를 파기 시작했다.

그가 진짜 두려움을 느낀 유일한 순간은 열흘 동안 요새의 망루에서 경계를 서던 중에 찾아왔다. 슈뢰딩거는 별을 보다 잠들었는데, 깨어보니 빛줄기들이 산비탈을 뒤덮으며 몰려오고 있었다. 벌떡 일어나 빛이 차지한 면적을 바탕으로 계산해보니 적 병력은 적어도 200명으로, 아군보다 세 배나 많았다. 그는 실제 전투가 벌어진다고 생각하니 너무 두려워 망루 위를 왔다갔다했다. 어떤 경보를 울려야 하는지도 생각나지 않았다. 그런데 경보를 울리러 갔을 때 빛이 조금도 움직이지 않는다는 것을 알아차렸다. 쌍안경으로 보니 성 엘모의 불이었다. 폭풍우가 다가오자 요새를 둘러싼 가시철조망이 정전기에 대전帶電하여 철조망 끄트머리에서 플라즈마가 번득인 것이었다. 슈뢰딩거는 마지막 불이 사라질 때까지 그 파란빛을 넋 놓고 쳐다보았다. 그는 일생 동안 그 신기한 발광을 갈망하게 된다.

전쟁 기간에 그는 머리 쓸 일이 하나도 없었다. 오지 않는 명령을 기다리고 아무도 읽지 않는 보고서를 작성하다 급기야 극도의 무기력증에 빠지고 말았다. 부대원들은 슈뢰딩거가 점심시간이 되어야 겨우 일어나 오후 내내 낮잠만 잔다고 불평했다. 그는 온종일 몸을 가누지 못했으며 한 번에 5분 이상 서 있을 수도 없었다. 유독한 부식성의 독기가 그의 정신에 침투한 듯 부대원들의 이름조차 제대로 기억하지 못했다. 동료들이 오스트리아에서 보내준 물리학 논문을 뒤적이며 시간을 때우려 했지만 도무지 집중이 되지 않았다. 생각이 꼬리에 꼬리를 물고 이어졌으며, 전쟁의 권태가 자신의 내면에 오랫동안 잠들어 있던 정신병을 깨우는 것처럼 느껴졌다. 그는 일기장에 이렇게 썼다. "자고 먹고 카드놀이 하고. 자고 먹고 카드놀이 하고. 이게 사는 건가? 더는 전쟁이 언제 끝날지 스스로에게 묻지 않는다. 이런 것이 대체 끝날 수나 있는 거냐고 묻는다." 1918년 11월 독일이 휴전 협정에 조인하자 슈뢰딩거는 굶주림에 시달리면서 빈으로 돌아갔다.

뒤이어 그는 자신이 자라온 세상이 허물어지는 것을 보았다. 황제는 퇴위했고 오스트리아는 공화국이 되었으며 그의 어머니는 비참한 가난 속에서 말년을 보냈다. 한쪽 유방에서 시작된 암이 그녀의 몸을 집어삼켰다. 슈뢰딩거는 가족의 리놀륨 공장을 지켜낼 수 없었다. 교전이 끝난 뒤에도 영국과 프랑스가 경제 봉쇄를 풀지 않은 탓에 공장은 문을 닫아야 했다. 오스트리아·헝가리 제국이 무너지고 수백만 명이 영양소를 섭취하지도 겨울을 따뜻하게 보낼 석탄을 구하지도 못한 채 근근이 살아가는데도 전승국들은 눈 하나 꿈쩍하지 않았다. 빈의 길거리는 팔다리가 잘린 병사들로 가득했으며 그들은 전장의 망령을 함께 데려왔다. 참호에서 가스 공격으로 신경이 손상된 탓에 얼굴은 귀신같이 일그러졌고 근육은 경련을 일으켰으며 낡아빠진 군복 앞에 매달린 훈장은 나환자의 방울처럼 댕그랑거렸다. 국민을 통제하는 임무는 군의 손에 맡겨졌지만 병사들은 자신들이 통제해야 하는 사람들 못지않게 허약하고 굶주렸다. 1인당 하루 100그램도 안 되는 배급 고기에는 뒤룩뒤룩 살찐 허연 구더기가 득시글거렸다. 쥐꼬리만한 식량이 독일에서 오스트리아에 도착하여 군대가 배급을 시작하면 아수라장이 벌어졌다. 슈뢰딩거는 폭도가 기마 경관을 말에서 *끄집어내리는* 광경을 목격했다. 5분도 지나지 않아 말은 백 명의 여인들에게 해체되었다. 그들은 사

우리가 세상을 이해하길 멈출 때

체에 달려들어 마지막 살점 한 조각까지 뜯어냈다.

슈뢰딩거는 빈대학교에서 이따금 수업을 가르치며 변변찮은 급여로 먹고살았다. 나머지 시간에는 할일이 전혀 없었다. 그는 쇼펜하우어의 책을 탐독했으며 그를 통해 베단타 철학을 알게 되었다. 광장에서 갈기갈기 찢긴 말의 겁에 질린 눈이 그 말의 죽음을 애도하는 경찰관의 눈이기도 하다는 사실을, 날고기를 물어뜯는 이빨이 언덕 목초지에서 풀을 뜯던 이빨과 같다는 사실을, 여인들이 제 손으로 말의 가슴에서 거대한 심장을 끄집어낼 때 얼굴에 튄 피는 그들 자신의 피라는 사실을 깨달았다. 모든 개별적 현현은 세계의 모든 현상 이면에 있는 절대적 실재인 브라흐마^梵의 반영에 불과하기 때문이다.

1920년 그는 아네마리 베르텔과 결혼했지만, 연애 초기의 벅찬 행복은 결혼의 현실 앞에서 무너지고 말았다. 슈뢰딩거는 버젓한 일거리를 찾을 수 없었으며 아내가 비서로 한 달간 벌어들이는 수입이 그가 교수로 1년간 버는 것보다 많았다. 그는 아내에게 일을 그만두라고 했다. 자신은 떠돌이 강사가 되어 아내를 데리고 다니며 박봉의 강의 자리를 전전했다. 두 사람은 예나에서 슈투트가르트로, 슈투트가르트에서

브레슬라우로, 브레슬라우에서 스위스로 옮겨다녔다. 취리히 대학교 이론물리학과 학과장에 임용되었을 때는 팔자가 피려나 싶었지만, 한 학기 만에 지독한 기관지염에 걸려 강의를 그만둬야 했다. 나중에야 밝혀진 사실이지만 이것은 결핵의 첫 징후였다. 그는 산악 지대의 맑은 공기 속에서 아홉 달을 보내야 했으며 스위스 알프스 아로자에 있는 오토 헤어비히 박사의 요양원에서 아내와 함께 갇혀 지냈다. 이후에도 폐병이 도질 때마다 이곳에 돌아왔다. 첫 방문 때 슈뢰딩거는 바이스호른의 그림자 속에서 고지대의 치료 효과를 경험했으며 병이 완치되다시피 했으나 어느 의사도 설명하지 못한 기묘한 후유증을 겪었다. 초자연적이라고 할 만큼 소리에 민감해진 것이다.

1923년 슈뢰딩거는 서른일곱 살이 되던 해 비로소 스위스에서 안락한 삶을 꾸릴 수 있었다. 그와 아니(아네마리)는 숱한 애인을 사귀었지만, 서로의 부정을 눈감아주었으며 평화롭게 지냈다. 그의 유일한 번민은 자신이 재능을 낭비했다는 생각이었다. 그의 지적 능력은 어릴 적부터 남달랐다. 그는 학교에 다닐 때 모든 과목에서 언제나 최고 점수를 받았다. 동급생들은 에르빈이 무엇 하나 모르는 게 없는 것을 당연하

우리가 세상을 이해하길 멈출 때

게 여겼다. 그중 한 명은 어린 슈뢰딩거가 대답하지 못한 교사의 유일한 질문을 몇십 년이 지난 뒤에도 여전히 기억하고 있었다. 그것은 "몬테네그로의 수도가 어디지?"였다. 천재라는 명성은 빈대학교까지 그를 따라왔다. 동료 학부생들은 그를 '전무후무한 슈뢰딩거'라고 불렀다. 그의 지식욕은 생물학과 식물학을 비롯한 모든 과학 분야에 걸쳐 있었다. 미술, 연극, 음악, 철학, 고전학에도 심취했다. 교수들은 그의 억누를 수 없는 호기심과 정밀과학에 대한 뚜렷한 재능을 거론하며 그의 미래가 찬란할 거라 예견했다. 하지만 전무후무한 슈뢰딩거는 졸업 후 여러 해가 지나도록 흔해빠진 물리학자를 벗어나지 못했다. 그의 논문 중에서 해당 분야에 중요하게 기여한 것은 하나도 없었다. 그는 형제자매가 없었으며 아니와의 사이에서도 자녀를 낳지 못했다. 그가 죽으면 슈뢰딩거라는 성姓은 영영 사라질 터였다. 그는 생물학적 불임과 지적 불임으로 인해 이혼을 고려했다. 어쩌면 모든 것을 포기하거나, 술을 끊고 만나는 여자들마다 쫓아다니는 일도 그만두거나, 물리학을 버리고 다른 관심사를 추구해야 하는지도 몰랐다. 어쩌면, 어쩌면. 그는 1년 내내 이 문제를 고민했지만, 그 결과로 아내와의 언쟁이 점점 격렬해질 뿐이었다. 설상가

상으로 아내가 슈뢰딩거의 취리히대학교 동료인 네덜란드의 물리학자 피터 디바이와 열애에 빠졌다. 기대할 것은 잿빛의 단조로운 미래밖에 없는 상황에서 슈뢰딩거는 전쟁중에 자신을 유린한 바로 그 무기력증에 빠져들었다.

　이런 상황에서 학과장이 그에게 드 브로이의 개념에 대한 세미나 발표를 요청했다. 그는 학생 시절 이후로 느껴보지 못한 열정이 차올라 요청을 수락했다. 드 브로이의 연구를 찬찬히 뜯어본 그는 아인슈타인과 마찬가지로 그의 논문에 숨은 잠재력을 한눈에 알아보았다. 마침내 몰두할 거리를 찾은 슈뢰딩거는 물리학과의 청중 앞에 서서 마치 자신의 개념을 설명하듯 의기양양하게 발표했다. 엄청난 논란을 일으키고 있는 양자역학을 고전 체계의 영역에 둘 방법이 있다는 것이 그의 설명이었다. 양자 수준에서 물질을 들여다본다고 해서 학문의 토대를 바꿀 필요는 전혀 없다는 것, 큰 것에 대한 물리학과 작은 것에 대한 물리학이 따로 있을 필요는 전혀 없다는 것이었다. "그러면 저 망할 놈의 신동 베르너 하이젠베르크의 혐오스러운 대수학에 의존하지 않아도 됩니다!" 슈뢰딩거가 이렇게 말하자 동료들은 폭소를 터뜨렸다. 드 브로이가 옳다면 모든 원자 현상은 하나의 특징을 공유하며

우리가 세상을 이해하길 멈출 때

심지어 영구적 기질基質의 개별적 현현에 불과할지도 모른다고 슈뢰딩거는 주장했다. 그가 발표를 끝내려는 찰나 디바이가 말을 끊었다. 그는 파동을 그렇게 상상하는 방식이 사뭇 유치하다고 말했다. 물질이 파동으로 이루어졌다고 말하는 것과 물질파가 어떻게 물결치는지 설명하는 것은 전혀 별개라는 것이었다. 디바이의 말마따나 슈뢰딩거의 주장에 일말의 엄밀성이라도 있으려면 파동 함수가 필요했다. 파동 함수가 없다면 드 브로이의 이론은 프랑스 군주제와 같아서 매력적이지만 쓸모없을 테니까.

슈뢰딩거는 꼬리를 내린 채 집에 돌아왔다. 디바이가 옳았을지도 모르지만 그의 논평은 거칠고 깐깐하고 악랄했다. 슈뢰딩거는 저 빌어먹을 네덜란드인이 처음부터 싫었다. 그가 아니를 바라보는 표정만으로도 충분히 역겨웠다. 하물며 그녀가 그놈을 바라보는 표정은 …… "개자식!" 슈뢰딩거는 연구실 문을 닫은 채 고함을 질렀다. 레크 미히 암 아르슈! 프리스 샤이세 운트 크레피어!(내 똥구멍이나 핥아라! 똥 처먹고 죽어버려!) 그는 가구를 걷어차고 책을 벽에 내던지다 기침 발작이 일어나 무릎이 풀려버렸다. 쓰러져 헐떡거리다 얼굴을 나무 바닥에 바싹 붙인 채 손수건을 입에 물고서 몸을 들썩이며 구역질을 했다. 손수건을 꺼내자 활짝 핀 장미처럼 커다란 혈흔이 보였다. 결핵이 재발했다는 명백한 징후였다.

슈뢰딩거는 성탄절을 앞두고 빌라 헤어비히 요양원에 도착했으며 디바이의 얼굴에 방정식을 들이밀 수 있을 때까지 취리히에 돌아가지 않겠노라 다짐했다.

그는 예전과 마찬가지로 원장 헤어비히 박사의 딸 옆방에 묵었다. 헤어비히 박사는 요양원 건물을 둘로 나눠 한편에는 중환자들을 수용하고 반대편에는 슈뢰딩거 같은 환자들을 수용했다. 아내가 출산 합병증으로 죽은 뒤 박사는 어린 딸을 제 손으로 키웠다. 소녀는 네 살 이후로 결핵을 앓았는데, 아버지는 딸의 불운이 자기 때문이라며 자책했다. 그녀가 병자들의 다리 사이로 기어다니며 자랐기 때문이라는 것이었다. 그녀는 자신과 같은 병에 걸린 수백 명의 죽음을 보았다. 그녀가 초자연적일 정도로 평온한 기운을 발산한 것은 이 때문이었을 것이다. 이 섬세하고 초현실적인 분위기가 깨지는 때는 세균이 그녀의 폐에서 깨어나는 순간이었다. 그러면 그녀는 옷에 피를 흩뿌리며 중앙 홀을 지나갔다. 그녀의 쇄골은 마치 여름 성장기 사슴의 벨벳 가지뿔처럼 피부를 뚫

우리가 세상을 이해하길 멈출 때

고 나올 듯 가녀린 어깨 위로 도드라져 보였다.

슈뢰딩거가 그녀를 처음 보았을 때 소녀는 열두 살에 불과했지만 그때에도 놀랄 만큼 아름다웠다. 이 점에서 그는 나머지 환자들과 다를 바 없었다. 그들은 이 기이한 피조물에 매료되었으며 그들이 발병하고 회복되는 주기는 어린 헤어비히 양이 발병하고 회복되는 주기를 뒤따르는 듯했다. 그녀의 아버지에게 이것은 의사 생활 중에 겪은 가장 신기한 현상 중 하나였다. 그는 찌르레기의 군무와 매미의 합창 같은 동물의 사례에서 비교 대상을 찾았다. 메뚜기가 일제히 탈바꿈하는 것도 마찬가지다. 메뚜기는 약충일 때는 얌전한 독거성 곤충이지만 성충이 되면 체형과 성격이 변형되다못해 급기야 다스릴 수 없는 역병이 되어 온 땅을 쑥대밭으로 만들고는 일제히 죽어 생태계를 기름지게 한다. 비둘기, 까마귀, 오리, 갈까마귀, 까치는 날아오르지 못할 만큼 배불리 메뚜기를 포식한다. 딸이 건강하면 의사는 환자를 단 한 명도 잃지 않으리라 안심할 수 있었으며, 딸이 아프면 조만간 병상들이 빌 것임을 알았다. 소녀 자신도 여러 차례 죽음의 문턱에 갔다 왔다. 하룻밤 사이에 몰라보게 변하기도 했다. 그럴 때면 몸무게가 하도 빠져서 몸이 절반으로 줄어든 것처럼 보였으며 금발은 신생아의 머리카락처럼 가늘어졌다. 평상시에도 시체의 피부처럼 창백하던 그녀의 피부는 말 그대로 투명해졌다. 그녀는 삶의 세계와 죽음의 세계를 넘나들며 어린아이의 즐거움을 빼앗긴 대신 나이에 걸맞지 않은 지혜를 얻었다. 그녀는 몇 달간 침대에 누워 아버지 서재에 꽂힌 과학책뿐 아니라 퇴원하는 환자들이 놔두고 간 책, 만성병 환자들에게서 선물로 받은 책까지 모조리 섭렵했다. 그녀의 다독과 끊임없는 고독은 비상하게 예리한 정신과 가없는 호기심을 낳았다. 슈뢰딩거가 지난번 입원했을 때 그녀는 이론물리학의 최근 성과에 대해 질문을 쏟아냈다. 바깥세상과 사실상 아무런 접촉이 없었고 요양원 인근을 벗어나본 적이 없었음에도 모르는 게 없는 것 같았다. 고작 열여섯 살이었는데도 훨씬 나이든 사람의 정신, 태도, 풍모가 느껴졌다. 슈뢰딩거와는 정반대였다.

슈뢰딩거는 마흔이 가까웠음에도 동안과 소년 같은 태도를 간직했다. 그는 동료들과 달리 점잔을 빼지 않았으며 교수라기보다는 학생처럼 차려입었다. 이 때문에 적잖은 말썽을 겪기도 했다. 한번은 취리히의 한 호텔을 자기 이름으로 예약했는데도 그를 부랑자로 착각한 안내인이 객실 안내를

우리가 세상을 이해하길 멈출 때

거부했으며, 또 한번은 저명한 과학 학회에 초청받았을 때 버젓한 시민처럼 기차를 타지 않고 도보로 산을 넘어 오느라 머리카락에 흙이 묻고 신발에 진흙이 더께더께 앉는 바람에 경비원에게 제지당한 적도 있었다. 헤어비히 박사는 슈뢰딩거의 자유분방한 성격과 그가 애인들을 뻔질나게 요양원에 데려온다는 사실을 잘 알았음에도 (어쩌면 바로 그 이유 때문에) 그를 무척 존경했으며 슈뢰딩거의 건강이 허락할 때마다 함께 몇 시간씩 스키를 타거나 근처의 산에 올랐다. 이번에 슈뢰딩거가 입원하기 얼마 전 박사는 딸에게 사회 경험을 시켜주고 싶어서 다보스의 최고 명문 여학교에 입학시키려 했으나 그녀는 수학 때문에 입학시험에 떨어졌다. 그래서 슈뢰딩거가 진료소에 들어서자마자 박사는 그를 한쪽으로 데리고 가서 (당연한 얘기지만) 그의 건강과 직업 윤리가 허락한다면 자신의 딸을 몇 시간만 가르쳐줄 수 있겠느냐고 물었다. 슈뢰딩거는 최대한 정중하게 거절하고는, 맑은 산 공기를 들이마시는 순간 상상 속에서 형체를 갖추기 시작한 무언가에 이끌려 계단을 두 칸씩 성큼성큼 걸어올라갔다. 그것은 조금만 방심해도 깨질 수 있는 주문임을 그는 알고 있었다.

그는 병실에 들어가 외투와 모자도 벗지 않은 채 책상 앞에 앉았다. 그러고는 공책을 열어 생각을 써나가기 시작했는데, 처음에는 느릿느릿 두서없이, 다음에는 광적인 속도로 점점 집중했으며 급기야 주위의 모든 것이 사라지는 것처럼 보였다. 등줄기가 욱신거려도 몇 시간이 지나도록 의자에서 일어나지 않았다. 지평선 너머로 해가 뜨고 앞에 놓인 종이를 볼 수 없을 만큼 기진맥진하고서야 침대로 터벅터벅 걸어가 신발도 벗지 않고 잠들었다.

깨어보니 주위가 낯설었다. 입술은 갈라지고 귓전에서는 응웅거리는 소리가 났다. 밤새 술을 퍼마셔 숙취에 시달리듯 머리가 지끈거렸다. 그는 선선한 공기로 원기를 돋우려고 창문을 열고는 깨달음의 결실을 확인하려고 책상 앞에 앉았다. 그런데 공책을 들여다보자 속이 뒤집혔다. 이 헛소리는 뭐지? 처음부터 끝까지, 다시 끝부터 처음까지 읽었지만 공책에 쓰인 것은 무엇 하나 말이 되지 않았다. 자신의 추론을 이해할 수 없었다. 한 단계가 어떻게 다음 단계로 연결되는지 납득이 되지 않았다. 마지막 페이지에서 자신이 찾던 것과 비슷한 방정식의 초안을 발견했지만, 그것은 앞 페이지들과 아무 관계가 없어 보였다. 마치 그가 자고 있을 때 누군가 방에 들어와 단지 그를 괴롭히려고 이 계산을, 풀 수 없는 수수께끼를 남겨둔 것 같았다. 전날 밤 그의 삶에서 가장 심오한 지적 황홀인 줄 알았던 것은 이제 보니 풋내기 물리학자의 광란이요 과대망상증 환자의 애처로운 망상에 불과한 듯했다. 그는 마음을 진정시키려고 관자놀이를 문질렀다. 디바이와 아니가 비웃는 광경을 머릿속에서 떨치려 애썼지만 비참한 기분은 가시지 않았다. 공책을 어찌나 세게 벽에 던졌던지 공책의 책장이 책등에서 떨어져나와 방바닥에 널브러졌다. 그는 스스로에게 혐오감이 들어 옷을 갈아입고는 풀 죽은 표정으로 식당에 걸어가 제일 먼저 눈에 띈 빈자리에 앉았다.

그는 종업원에게 커피를 주문하려다 지금이 만성병 환자의 식사 시간인 것을 깨달았다.

앞에 앉은 노부인은 수 세기에 걸쳐 쌓인 부와 특권의 결과인 기다란 손가락으로 찻잔을 들고 있었다. 하지만 얼굴의 아래쪽 절반은 결핵균에 파먹혔다. 슈뢰딩거는 혐오감을 감추려 했지만 그녀에게서 눈을 뗄 수 없었다. 환자 중 소수에게만 감염하여 그들의 림프샘을 포도송이처럼 부풀리는 저 기형이 언젠가 자신의 외모도 망가뜨릴지 모른다는 두려움에 사로잡혔다. 여인 앞에서 그가 내비친 불쾌감은 식탁 전체에 퍼져나갔다. 몇 초 지나지 않아, 그녀처럼 얼굴이 기괴하게 일그러진 식사객의 절반이 마치 교회 통로에서 똥 누는 개를 보듯 그를 쳐다보았다. 슈뢰딩거는 일어서려 했지만, 그 때 흰 식탁보 아래로 자신의 허벅지를 쓰다듬는 손길이 느껴졌다. 선정적 애무라기보다는 전기 충격에 가까웠기에 그는 즉시 정신을 차렸다. 날개를 접은 나비처럼 여전히 그의 무릎에 머물러 있는 손가락의 주인을 찾으려고 고개를 돌리자 헤어비히 박사의 딸이 눈에 들어왔다. 슈뢰딩거는 그녀가 겁먹을까봐 감히 미소 짓지 못하고 눈짓으로 그녀의 손길에 감사를 표한 뒤에 근육 하나 움직이지 않으려 애쓰며 차분하게 커피를 마셨다. 마치 소녀가 그뿐 아니라 모든 사람을 한꺼번에 건드린 것처럼, 그에게 새로 찾아온 차분함이 식탁에서 식탁으로 퍼져나갔다. 접시와 식기가 나직이 달그락거리는 소리 말고는 아무 소리도 들리지 않게 되었을 때 헤어비히 양은 손을 거뒀다. 그녀는 일어서서 옷매무새를 다듬고는 문으로 향했다. 쌍둥이 남자아이 둘에게 인사하려고 딱 한 번 걸음을 멈췄는데, 녀석들은 그녀의 목에 매달려 그녀가 입맞춤을 해줄 때까지 놓아주지 않았다. 슈뢰딩거는 커피를 한 잔 더 시켰지만 도무지 맛을 볼 수 없었다. 모두가 식

우리가 세상을 이해하길 멈출 때

당에서 나갈 때까지 앉아 있다가 안내대로 걸어가 연필과 종이를 달라고 하고는 헤어비히 박사에게 따님을 도와주겠다는 의향을, 아니 소망을 피력하는 쪽지를 남겼다.

헤어비히 박사는 슈뢰딩거의 연구에 방해가 되지 않도록 소녀의 방에서 수업할 것을 제안했다. 두 방은 샛문으로 연결되어 있었다. 첫 수업 날 슈뢰딩거는 아침 내내 채비를 갖췄다. 목욕하고 꼼꼼하게 면도했으며 처음에는 머리카락을 내버려둬야 할 것 같았지만 다시 생각해보니 아무래도 격식을 차려야 할 것 같아 빗질했다. 자신도 잘 알다시피 여자들이 그의 넓고 말끔한 이마를 칭찬한다는 것도 중요한 이유였다. 점심은 가볍게 때웠다. 오후 네시에 샛문 반대편에서 자물쇠 딸깍거리는 소리에 이어 나무 두드리는 소리가 들릴락 말락 두 번 들리자 발기가 시작되는 바람에 그는 헤어비히 양의 방에 들어가기 전에 자리에 앉아 잠시 기다려야 했다.

샛문을 통과하자마자 나무 내음이 슈뢰딩거의 콧구멍을 채웠지만, 벽에는 참나무 널빤지가 거의 보이지 않았다. 딱정벌레, 잠자리, 나비, 귀뚜라미, 거미, 바퀴벌레, 반딧불이 수백 마리가 핀에 꿰뚫리거나 서식처를 축소판으로 재현한 작은 유리 돔에 담겨 진열되어 있었기 때문이다. 이 거대한 곤충 관昆蟲館 한가운데서 헤어비히 양이 그를 기다리고 있었다. 그녀는 책상 위로 몸을 웅크리고는 마치 새 수집물 표본을 보듯 그를 쳐다보았다. 젊은 여인의 당돌한 눈길 앞에서 슈뢰딩거는 지각하여 교사에게 꾸지람 듣는 겁 많은 학생 같은 기분이 잠깐 들었다. 그가 과장된 동작으로 절하자 그녀는 자기도 모르게 미소를 지었다. 슈뢰딩거는 그녀의 작은 치아와 앞닛새의 좁은 틈을 보고서야 그녀가 아직 소녀에 불과하다는 것을 실감했다. 그녀를 식당에서 만난 뒤로 품어온 환상에 부끄러움을 느끼며 슈뢰딩거는 의자를 당겨 앉았다. 둘은 곧장 입학시험에 나온 문제를 들여다보기 시작했다. 소녀는 머리가 명석했으며 슈뢰딩거는 그녀에 대한 욕정이 가셨는데도 함께 있는 것이 즐겁다는 사실에 놀랐다. 두 사람은 두 시간 동안 입을 거의 열지 않고 공부했다. 그녀가 마지막 문제를 끝낸 뒤 둘은 이튿날에도 한 시간 동안 만나기로 했다. 소녀는 그에게 차를 대접했다. 슈뢰딩거가 차를 마시는 동안 소녀는 아버지가 수집하고 자신이 보존 처리한 곤충들을 보여주었다. 그녀가 시간을 너무 많이 빼앗았다고 말했을 때 슈뢰딩거가 밖을 내다보니 땅거미가 깔려 있었다. 그는 들어

우리가 세상을 이해하길 멈출 때

올 때처럼 정중하게 문간에서 작별 인사를 건네고는 헤어비히 양이 아까와 조금도 다르지 않은 미소를 지었음에도 스스로에게 한심한 기분을 느끼며 자기 방으로 돌아왔다.

피곤했지만 잠이 오지 않았다. 눈을 감아도 보이는 것은 헤어비히 양이 책상 앞에 몸을 숙이고 코를 찡그리며 입술을 혀끝으로 적시는 모습뿐이었다. 그는 언짢은 기분으로 일어나 전날 바닥에 내던진 종이들을 집어들었다. 페이지 순서대로 정리하려 했지만 이마저도 여간 힘들지 않았다. 어느 논증이 어느 결론으로 이어지는지 파악할 수 없었다. 확실한 것은 마지막 페이지의 방정식밖에 없었다. 이 방정식은 원자 안에서의 전자 운동을 완벽하게 기술하는 듯했지만, 이것과 자신이 앞에 쓴 것들과의 분명한 연관성은 전혀 없어 보였다. 이런 일이 그에게 일어난 적은 한 번도 없었다. 어떻게나 자신조차 이해하지 못하는 것을 만들 수 있었을까? 미쳤어! 그는 닳아빠진 공책 표지 사이에 속지를 끼워 서랍에 넣고 잠가버렸다. 하지만 포기할 생각은 없었기에 여섯 달 전에 쓰기 시작한 논문을 꺼냈다. 전쟁중에 겪은 기이한 청각 현상을 분석한 논문이었다. 거대한 폭발이 일어난 뒤 음파는 원점에서 멀어지면서 점차 약해졌지만 약 50킬로미터

쯤 떨어졌을 때, 마치 공간적으로는 전진하면서 시간적으로
는 후퇴하는 듯 전보다 더 거세게 밀려오는 것 같았다. 이따
금 주변 사람들의 심장 박동 소리까지 들을 수 있을 정도로
청각이 예민한 슈뢰딩거는 소리가 소멸 직전에 소생하는 불
가사의한 현상에 매료되었다. 하지만 아무리 안간힘을 써도
20분도 채 지나지 않아 헤어비히 양이 다시 떠올랐다. 그는
침대로 돌아가 수면제를 털어 넣었다. 그날 밤 그는 두 가지
악몽을 꿨다. 첫번째 악몽에서는 거대한 파도가 창문을 뚫
고 들이닥쳐 그의 방을 천장까지 채웠으며 두번째 악몽에서
는 자신이 해변으로부터 고작 몇 미터 떨어진 물위에서 일렁
이는 파도에 벌거벗은 몸을 맡긴 채 떠 있었다. 기력이 빠져
코를 물위로 내놓기 힘들었지만 물속에 들어갈 수는 없었다.
아름다운 여인이 모래밭에서 그를 기다리고 있었기 때문이
다. 그녀는 피부가 석탄처럼 새까맸으며 남편의 시신 위에서
춤추고 있었다.

악몽을 꾸다 깼지만, 헤어비히 양이 열한시에 자신을 기
다리고 있을 거라 생각하니 기분이 상쾌하고 활력이 넘쳤다.
하지만 그녀를 보고서 수업을 감당할 상황이 아님을 깨달았
다. 그녀는 눈이 움푹 들어간 핼쑥한 얼굴로 진딧물 암컷이

우리가 세상을 이해하길 멈출 때

조그만 새끼 수십 마리를 낳는 광경을 밤새 지켜보았다고 말했다. 그 과정에서 경이로우면서도 징그러웠던 장면은 이 새끼들이, 태어난 지 몇 시간 만에 새끼를 낳더라는 것이라고 소녀는 말했다. 새끼들은 어미 뱃속에 있을 때 이미 임신해 있었던 것이다. 마치 징그러운 러시아 인형처럼 세 세대가 한 몸에 깃들어 있었다. 이 초유기체는 자연의 과잉 번식 성향을 보여준다. 새들은 먹일 수 있는 것보다 많은 새끼를 낳기 때문에 힘센 새끼는 형제자매를 둥지 밖으로 밀어내 죽인다. 상어 같은 종은 더 무자비하다고 헤어비히 양은 설명했다. 어미의 자궁에서 부화할 때 이미 이빨이 나 있어서 자기 뒤에 부화하는 새끼들을 잡아먹는다는 것이었다. 이 형제 살해 포식 행위 덕에 녀석들은 자신이 성체가 되어 잡아먹을 물고기들에게 잡아먹힐 만큼 연약한 첫 몇 주간 생존할 영양소를 얻을 수 있었다. 헤어비히 양은 아버지가 일러둔 대로 진딧물을 세대별로 분리하여 단지에 넣은 다음 살충제를 뿌렸다. 유리 단지가 어찌나 강렬한 파란빛으로 물들었던지 마치 그녀가 태곳적 하늘을 바라보고 있는 것 같았다. 곤충들은 즉사했지만, 그날 밤 그녀는 녀석들의 다리가 파란색 먼지에 뒤덮인 꿈을 꾸느라 좀처럼 단잠을 이루지 못했다. 그녀는 도저히 수업에 집중할 수 없을 것 같다며 슈뢰딩거 씨가 괜찮으시다면 함께 호숫가를 걸으며 찬 공기가 기력을 회복하는 데 도움이 될지 알아볼 의향이 있느냐고 물었다.

바깥 풍경은 겨울이 지배하고 있었다. 호수는 가장자리가 얼어붙었으며 슈뢰딩거가 집어든 작은 얼음 조각은 손의 온기에 천천히 녹았다. 두 사람이 호수 반대편에 이르렀을 때 헤어비히 양이 그에게 무엇을 연구하고 있느냐고 물었다. 슈뢰딩거는 하이젠베르크의 개념과 드 브로이의 논문에 대해, 자신이 진료소에 들어온 첫날 밤 경험한 깨달음과 그 산물인 기묘한 방정식에 대해 이야기하기 시작했다. 이 방정식은 첫눈에 보기엔 바다에 이는 파도의 역학이나 대기를 통과하는 음파의 확산을 계산하는 데 이용하는 물리학 공식과 무척 닮았지만, 이것을 원자의 내부 작동과 전자의 이동에 적용하려면 슈뢰딩거 자신의 공식에 허수虛數를 도입해야 했다. 그것은 마이너스 1의 제곱근이었다. 현실적으로 표현하자면 이 말은 그의 방정식에서 기술하는 파동의 일부가 공간의 3차원을 벗어난다는 뜻이었다. 파동의 마루와 골은 매우 추상적인 영역에서 여러 차원을 통과하여 이동했으며 이것은 순수 수학으로만 기술할 수 있었다. 슈뢰딩거의 파동은

우리가 세상을 이해하길 멈출 때

아름답기는 했지만 이 세상에 속한 것은 아니었다. 그의 새로운 방정식이 전자를 마치 파동처럼 기술한다는 것은 그가 보기에 명백한 사실이었다. 문제는 이것이 대체 무엇의 파동이냐는 것이었다! 그가 말하는 동안 헤어비히 양은 호숫가의 나무 벤치에 앉아 있었다. 슈뢰딩거가 옆에 앉자 헤어비히 양은 손에 들고 있던 책을 펼쳐 다음 구절을 읽었다. "탄생과 죽음의 환각 속에서 바다 위 파도처럼 한 유령에 이어 또 한 유령이 나타난다. 생명의 과정에는 물질적 형태와 정신적 형태의 명멸 이외에는 아무것도 없으나 그럼에도 불가사의한 현실은 여전하다. 모든 피조물 속에는 숨겨진 미지의 무한한 지성이 잠자고 있으나 이것은 깨어나 감각적 정신의 무상無常한 그물을 찢고 육신의 번데기를 부숴 시간과 공간을 정복할 운명이다." 슈뢰딩거는 이것이 오랫동안 자신의 생각을 사로잡은 것과 같은 개념임을 알아차렸다. 그녀는 작년 겨울 한 작가가 40년간 일본에서 살며 불교로 개종한 뒤에 이 진료소에서 시간을 보냈는데, 그가 자신에게 아시아 철학을 처음으로 가르쳐주었다고 말했다. 슈뢰딩거와 헤어비히 양은 오후 내내 힌두교, 베단타, 대승불교에 대해 마치 둘만의 비밀이 있다는 사실을 방금 발견한 사람처럼 열정적으로 이야기를 나눴다. 그러다 먼산에서 불빛이 번득이는 것을 보고 헤어비히 양은 당장 요양원으로 돌아가야 한다고 말했다. 폭풍우가 다가오고 있었다. 슈뢰딩거는 계속 그녀와 함께 있을 핑곗거리를 찾았다. 그가 어린 여성에게 반한 것이 처음은 아니었지만, 헤어비히 양에게는 뭔가 다른 점이 있었다. 그것은 그를 무장 해제시키고 그의 자신감을 위태롭게 했다. 두 사람이 계단 밑자락에 이르렀을 때 그는 팔을 내밀어 그녀를 부축해야 하나 고민하며 머뭇거리다 미끄러져 발목을 접질렀다. 그는 들것에 실려 자신의 병실에 가야 했으며, 그녀는 그가 침대에 오를 수 있도록 부어오른 발에서 신발을 벗겨줘야 했다.

그뒤로 며칠간 헤어비히 양은 간호사 겸 학생 노릇을 했다. 그녀는 그에게 음식과 조간신문을 가져다주었고 아버지가 처방한 약을 억지로 먹였으며 그가 깽깽이걸음으로 화장실에 들어갈 수 있도록 어깨를 빌려주었다. 슈뢰딩거는 이 짧은 접촉의 순간을 갈망했기에 그녀와 몸을 맞댈 구실을 만들려고 물을 하루에 3리터나 마셨다. 불필요한 이동으로 인한 통증은 아랑곳하지 않았다. 저녁이 되면 두 사람은 공부를 계속했다. 첫날 그녀는 의자에 앉아 침대에 발을 걸쳤지

우리가 세상을 이해하길 멈출 때

만, 슈뢰딩거가 그녀의 공책을 보느라 목이 뻣뻣해졌다고 말하자 그의 옆으로 자리를 옮겼다. 그녀의 몸에서 발산되는 열기가 느껴질 정도로 가까웠다. 그는 그녀를 만지려는 충동을 억누르기 힘들었지만, 그녀를 놀랠까봐 조금도 움직이지 않으려고 안간힘을 썼다. 비록 그녀는 이 친밀감을 조금도 개의치 않는 듯 보였지만. 슈뢰딩거는 그녀가 방에서 나가자마자 눈을 감고 그녀가 옆에 앉아 있는 장면을 떠올리며 자위를 했다. 그러고 나서는 지독한 죄책감에 사로잡혔다. 그녀의 도움 없이는 화장실에 갈 수 없었기 때문에, 부모 집에 얹혀 사는 청소년처럼 침대 밑에 숨겨둔 수건으로 정액을 닦았다. 그때마다 이튿날 헤어비히 박사에게 말해 수업을 취소하겠노라 다짐했다. 그런 다음 아내에게 자신을 데리러 오라고 연락한 뒤 다시는 진료소에 발을 디디지 않을 작정이었다. 기침을 하다 거지처럼 길거리에서 죽는 한이 있더라도. 그 무엇도 이 유치한 상사병을 앓는 것보단 나았다. 그녀와 함께 있는 시간이 길어질수록 병은 깊어질 터였다. 그녀가 화려한 『바가바드기타』 삽화본을 건넸을 때 그는 베다를 공부하기 시작한 이후로 자신을 괴롭힌 반복적 꿈에 대해 큰맘 먹고 털어놓았다.

그의 악몽에서는 칼리 여신이 거대한 딱정벌레처럼 그의 가슴에 앉아 그를 움직이지 못하게 짓눌렀다. 그녀는 사람 머리가 달린 목걸이를 걸고서 수많은 팔로 칼, 도끼, 단검을 휘둘렀다. 혀끝에서 떨어지는 핏방울과 부푼 젖가슴에서 뿜어져나오는 젖으로 그를 목욕시키며 그의 샅을 문질렀다. 그러다 그가 더는 자극을 참지 못하게 되었을 때 그의 목을 베고 성기를 삼켰다. 헤어비히 양은 그의 말을 무심하게 듣더니 그 꿈은 악몽이 아니라 축복이라고 말했다. 신의 여성적 측면으로 표현되는 모든 형상 중에 칼리 여신이 가장 자애로운 것은 자식에게 해탈을 선사하기 때문이며 그녀의 모성애는 인간이 이해할 수 있는 범위를 뛰어넘는다는 것이었다. 칼리의 검은 피부는 모든 형상을 초월하는 공空, 모든 현상을 잉태하는 우주적 자궁을 상징하며 해골 목걸이는 주된 동일시의 대상인 한낱 몸으로부터 그녀가 해방시킨 아我로 이루어졌다고 그녀는 말했다. 슈뢰딩거가 검은 어머니(현모玄母) 칼리의 손에 당한 거세는 그가 받을 수 있는 최고의 선물이었다. 이 훼손을 통해서만 새 의식이 탄생할 수 있기 때문이다.

우리가 세상을 이해하길 멈출 때

슈뢰딩거는 침대에 몇 시간씩 갇혀 있느라 딴짓할 시간이 없었기에 방정식에서 많은 진전을 보았다. 방정식이 최종 형태에 가까워질수록 그 위력과 범위가 점차 뚜렷해졌다. 하지만 물리적 차원에서의 의미는 점점 기묘하고 불가사의해지는 것처럼 보였다. 그의 계산에 따르면 전자는 핵 주위에 구름처럼 퍼져 있었으며 수영장 양쪽 벽 안에 갇힌 파도처럼 진동했다. 하지만 그 파동은 진짜 현상이었을까, 시시각각 입자 위치를 계산하기 위한 꼼수에 불과했을까? 더욱 이해하기 힘든 것은 그의 방정식이 각 전자에 대한 파장 하나씩을 보여주는 것이 아니라 엄청나게 다양한 파장들이 겹친 모습을 보여준다는 사실이었다. 이 모든 것은 동일한 물체를 기술하는 것일까, 아니면 하나하나가 저마다 다른 가능 세계를 나타내는 것일까? 슈뢰딩거는 두번째 가능성을 고려했다. 저 다양한 파동이 전혀 새로운 무언가를 엿보게 해줄 가능성이었다. 그렇다면 파동 하나하나는 전자가 한 상태에서 다른 상태로 도약하여 갈라져나감으로써 인타라망의 보주寶珠처럼 무한을 채울 때 탄생하는 우주의 순간적 번득임이다. 하지만 그런 것은 상상할 수 없었다. 아무리 머리를 쥐어짜도, 자신이 어쩌다 원래 취지에서 이렇게 멀리 벗어났는지 이해할 수 없었다. 원자 세계를 단순화하고 싶어서 만물의 공통 특성을 모색하다보니 오히려 더 큰 수수께끼를 낳고 말았다. 그는 몸이 불편해져 더는 일할 수 없었으며 발목의 통증과 헤어비히 양의 몸 말고는 무엇도 생각할 수 없었다. 그녀는 아버지의 성탄절 축하연 준비를 돕느라 며칠째 수업을 빼먹은 터였다.

성탄절 전날 밤 진료소의 모든 환자들은 병의 경중과 무관하게 파티에 참가해야 했다. 파티는 해가 갈수록 점점 성대해졌다. 축하연은 유럽 전역과 심지어 레반트 바깥 지역의 전통들뿐 아니라 시간이 지나면서 사멸한 이교도 축제들까지 아울렀다. 따라서 그리스도의 강림을 기릴 뿐 아니라 북반구에서 한 해를 통틀어 밤이 가장 길고 어두운 12월 21일이 지나 빛이 돌아오는 동지를 축하하는 자리이기도 했다. 환자들은 엄격한 일과로부터 해방되었으며 로마 농신제農神祭 때와 마찬가지로 반쯤 벌거벗은 채 휘파람을 불고 북을 치고 종을 흔들며 홀을 통과하여 가장무도회 복장을 골라 대연회장에 모였다. 슈뢰딩거는 축하연이 싫었다. 헤어비히 양이 수업을 재개하려고 찾아왔을 때 그가 맨 처음 내뱉은 말은 저 바보 사육제의 지긋지긋한 소란 때문에 밤새 잠

우리가 세상을 이해하길 멈출 때

을 이루지 못했다는 불평이었다. 놀랍게도 그녀는 귀고리를 끌러 입에 넣고는 진주알을 이로 물어 걸쇠에서 뺐다. 그러고는 드레스 소매로 물기를 닦은 뒤에 몸을 숙여 그의 귓속에 넣었다. 그녀는 편두통이 도지면 이 방법을 쓴다며 그가 자신에게 베푼 시간에 대한 감사의 징표로 진주알을 받아달라고 간청했다. 슈뢰딩거는 그녀가 가면을 쓰고 벌거벗은 모습을 상상하면서 그해 축제에 참가할 거냐고 물었다. 한 번도 그러지 않았다는 것을 알고 있었지만. 그녀는 성탄절이 싫다고 털어놓았다. 이때는 진료소에서 사망률이 가장 높은 시기이며 술에 취해 흥청거리거나 열광적으로 춤을 춰도 그 많은 죽음을 머릿속에서 몰아낼 수 없다고 말했다. 슈뢰딩거는 뭐라고 대답하려 했으나 그녀는 마치 총알에 가슴 한복판을 맞은 듯 침대 위에 쓰러졌다. 그녀가 얼굴에 미소를 띠며 물었다. "제가 여기서 나가면 제일 먼저 뭘 할 건지 아세요? 술에 취해서 제가 찾을 수 있는 제일 못생긴 남자와 잘 거예요." 슈뢰딩거가 귓속에서 진주알을 빼며 물었다. "왜 제일 못생긴 남자죠?" 그녀가 고개를 돌려 그의 눈을 들여다보며 말했다. "첫번째는 저만의 시간이 되게 하고 싶으니까요." 슈뢰딩거는 그녀에게 남자와 잔 적이 있느냐고 물었다. 헤어

비히 양은 생자生者의 세상을 잠시 방문하는 망자처럼 느릿
느릿 침대에서 몸을 일으키며 이렇게 읊었다. "어느 남자와
도, 어느 여자와도, 어느 짐승과도, 어느 새와도, 어느 야수와
도, 어느 신과도, 어느 악마와도, 어느 유무형의 존재와도, 이
것과도, 저것과도, 어느 것과도 없어요." 슈뢰딩거는 더는 감
정을 억누를 수 없었다. 그녀는 자신이 이제껏 만난 사람 중
에 가장 매력적이며 식당에서 그녀가 자신을 건드린 순간부
터 마음을 빼앗겼다고 말했다. 두 사람이 함께 보낸 시간은
지난 10년간 경험한 것 중에서 가장 큰 행복이었으며 그녀
를 생각하기만 해도 벅찬 흥분을 느낀다고, 취리히로 돌아갈
생각을 하니 겁이 난다고 말했다. 그녀가 입학시험에 합격하
여 기숙 학교로 떠나면 다시는 그녀를 보지 못할 것이 분명
했기 때문이다. 헤어비히 양은 그가 말하는 동안 거의 움직
이지 않은 채 창문을 물끄러미 바라보았다. 창밖에서는 끝없
이 줄지어 늘어선 작은 불빛들이 계곡에서 바이스호른 꼭대
기까지 구불구불한 길을 따라 올라갔다. 행렬이 앞으로 나
아가고 태양이 지평선 너머로 저물면서 수천 개의 횃불은 더
욱 밝아졌다. 그녀가 마침내 입을 열었다. "어릴 적엔 견딜 수
없을 만큼 어둠이 무서웠어요. 밤새 깨어 할아버지께서 주

185

신 촛불 옆에서 책을 읽었고 해가 뜰 때까지 잠들 수 없었어요. 그땐 제가 너무 허약해서 아빠 저를 벌줄 엄두도 못 내셨어요. 다만 빛이 유한한 자원이라고 말씀하셨죠. 빛을 너무 많이 쓰면 없어져서 어둠이 만물을 지배하리라는 거였어요. 끝없는 밤이 두려워져서 촛불을 껐지만, 그 대신 밤이 되기 전에 잠자리에 드는 더 이상한 습관을 들였어요. 여름에는 힘들지 않았어요. 해가 늦게 지니까 낮시간을 충분히 활용할 수 있었거든요. 하지만 겨울에는 점심 먹고 나면 바로 잠자리에 들어야 했기 때문에 깨어 있는 시간보다 잠자는 시간이 더 길었어요. 1년 중 최악의 밤은 오늘, 동지였어요. 진료소의 몇 안 되는 아이들이 자정까지 뛰놀면서 춤추고 복도를 뛰어다녔는데, 저는 이튿날 아침까지 기다렸다가 전날 밤 어둠 속에서 떨어진 사탕을 모으고 짓밟힌 장식 조각들로 화환을 짜는 게 고작이었어요. 그러다 아홉 살에 두려움과 맞서야겠다고 마음먹었어요. 바로 이 방에서, 바로 이 창문 앞에서, 해가 지평선 너머로 지는 동안 서 있었어요. 어찌나 빨리 지던지 중력보다도 강한 힘에 이끌리는 것 같았어요. 마치 자신의 광채가 지겨워져 스스로를 영영 꺼버리고 싶어하는 것처럼요. 울려고 시트 밑으로 기어들어가려는 찰나 길 위의 횃불들을 보았어요. 처음에는 제 상상인 줄 알았어요. 그때는 꿈과 현실을 종종 헷갈렸거든요. 하지만 빛이 점점 가까워지면서 횃불을 든 사람들의 실루엣을 볼 수 있었어요. 그들이 거대한 나무 인형에 불을 붙였을 때 남자 여자들이 인형 주위에서 춤추는 광경을 보았어요. 창문을 열자 더없이 청명한 산 공기를 타고 실려온 노랫소리가 들렸어요. 얼른 옷을 갈아입고 아빠한테 불놀이에 데려다달라고 부탁했어요. 아빠는 제가 밤에 깨어 있는 걸 보고 놀라셨어요. 만사 제쳐놓고 저를 데려다주셨죠. 우리는 손을 잡고 함께 걸었어요. 날이 쌀쌀했지만 아빠의 손을 맞잡은 제 손바닥에선 땀이 났어요. 날씨가 어떻든 제 건강 상태가 어떻든 마치 그것이 다시 또다시 갱신해야 하는 언약인 것처럼 우리는 해마다 그곳으로 돌아갔어요. 이번은 우리가 가지 않는 첫 밤이 될 거예요. 더는 그럴 필요가 없거든요. 그 불이 이젠 제 안에서 타올라 이제껏 저였던 모든 것을 사르고 있으니까요. 더는 예전 같은 느낌이 들지 않아요. 저는 사람들과 어떤 유대감도 느끼지 않고 어떤 기억도 소중히 여기지 않고 어떤 욕망에도 이끌리지 않아요. 우리 아빠, 요양원, 이 나라, 산, 바람, 제 입에서 나오는 말, 이 모든 것이 오래전 죽은 여

우리가 세상을 이해하길 멈출 때

인의 꿈처럼 멀게만 느껴져요. 당신이 보는 이 몸은 먹고 자라고 걷고 말하고 미소 짓지만 그 안에는 재밖에 남지 않았어요. 저는 밤에 대한 두려움을 잃었어요, 슈뢰딩거 씨. 당신도 그래야 해요." 헤어비히 양은 일어서서 자기 방으로 향했다. 그녀는 문간에서 잠시 멈춰 문틀에 몸을 기댔다. 마치 기력이 전부 빠져나가기 직전인 것 같았다. 슈뢰딩거는 가지 말라고 간청하며 그녀에게 다가가려고 일어섰지만, 한 걸음 내딛기도 전에 그녀는 문을 닫았다.

슈뢰딩거는 그녀의 진주알을 귓속에 넣은 채 밤을 꼬박 새웠다. 젊은 여인이 진주알을 입에 넣는 광경, 걸쇠를 문 그녀의 팽팽한 입술, 그녀가 진주알을 뽑을 때 침방울에 어린 빛이 뇌리에서 떠나지 않았다. 자신의 고백에 수치심을 느끼고 잠이 오지 않아 절망감을 느끼며 진주알을 꺼내 손에 쥐고 자위를 했다. 사정하는 순간 마치 영원히 끝나지 않을 듯한 헤어비히 양의 기침 발작 소리가 들렸다. 그는 스스로에 대한 혐오감에 휩싸여 절뚝거리며 세면대로 향했다. 진주알을 물에 적시고 또 적셔 반짝거리게 닦은 뒤에 다시 귓속에 넣었다. 소란으로부터 귀를 막기 위해서가 아니라 옆방 환자의 끝없는 기침 소리를 잠재우기 위해서였다. 그는 밤새 들려

온 이 애처로운 스타카토가 자신이 사랑하는 여인의 목구멍에서 나온 것인지 상상의 산물인지 알 수 없었다. 수돗물이 똑똑 떨어지듯 규칙적이고 사람을 미치게 하는 그 소리는 이튿날 아침 그가 일어났을 때에도 여전히 들렸기 때문이다. 기침은 그의 몸에도 침투한 듯했다. 움직이려 할 때마다 숨이 멎을 만큼 기침이 터져나왔다.

그는 환자의 일과에 전념했다.

수영장에서 물놀이를 하고 야외에서 짐승 가죽을 덮고 낮잠을 자고 산의 얼음장 같은 공기와 사우나의 불 같은 열기로 폐를 태웠다. 등에 오일 마사지를 받고 부항단지로 신체를 고문하고 나머지 수용자들과 함께 이 방 저 방 돌아다니며 엄격한 치료법을 반복하느라 평생을 허비한 사람에게서 위안을 얻었다. 이 모든 활동에 대해 그가 체감한 유일한 유익은 발목이 거의 기적적으로 나았다는 것이었다. 그는 금세 지팡이를 짚지 않고 걸을 수 있게 되었으며 방에 갇혀 지내는 시간을 최소한으로 줄일 수 있었다. 이것은 무척 위안이 되었는데, 방에 있을 때면 마치 한 침대를 쓰는 듯 옆방 환자의 흐느낌과 신음을 들어야 했기 때문이다. 그는 또다른 처녀와 잠자리를 같이했다. 그녀는 진료소 수영장에서 인명 구조원으로 일했으며 (헤어비히 박사의 묵인하에) 슈뢰딩거를 비롯한 동료 환자들과 동침하고서 금전적 대가를 받았다. 슈뢰딩거는 낮에 치료를 받지 않는 동안에는 몽유병자처럼 진료소를 서성거리고 끝없는 복도를 가로지르며 헤어비히 양, 방정식, 아내를 머릿속에서 지우려 애썼다. 지난 몇 주 동안 그가 청소년에게 성적 환상을 품는 동안 그의 아내는 끊임없이 떡을 쳤을 것이 틀림없었다. 그는 건강을 회복하자마자 재개할 작정인 대학 강의에 대해, 반복되는 수업의 지루함에 대해, 학생들의 멍한 눈빛과 자신의 손가락 사이에서 바스라지는 분필의 촉감에 대해 생각하다 문득 자신의 미래 삶 전체가 마치 부채처럼 펼쳐져 가능한 모든 방향으로 뻗어나가는 평행하고 동시다발적인 장면들로 이루어진 것처럼 보이는 듯한 기분이 들었다. 한 장면에서는 자신과 헤어비히 양이 함께 달아나 새 삶을 시작했고 다음 장면에서는 진료소에서 건강이 급작스럽게 악화하여 자신의 피에 익사했으며 세번째 장면에서는 아내에게 버림받았지만 그 자신은 직업적으로 승승장구했다. 나머지 대부분의 시나리오에서는 그때까지 걸은 길을 계속 걸으며 아니와의 결혼생활을 유지했으며 미지의 유럽 대학교에서 죽음이 그를 데려갈 때까지 교수로 일했다. 울적해진 그는 신선한 공기를 쐬고 싶어져 일층으로 내려가 테라스로 나갔다. 하지만 바깥에서 이런 스산함을 맞닥뜨릴 거라고는 예상치 못했다. 마치 누군가 온 세상을 지워버린 듯했다. 나무에 둘러싸이고 먼산의 윤곽에 안긴 호수가 있던 자리가 드넓은 수의로 바뀌어 있었다. 평평하고 빽빽한 눈밭이 풍경을 구석구석 덮어 분간할 수 없었다. 도로는 전면 통제될 예정이었다. 진료소를 떠나고 싶어도 떠날 수 없었다. 그는 견디기 힘든 고립감을, 폐소 공포증을 느끼며 실내로 돌아갔다.

새해가 가까워지면서 건강이 악화했다. 열이 올라 산책을 포기하고 침상 안정을 취해야 했다. 피부가 쓰라려 시트가 닿는 것조차 괴로웠다. 눈을 감으면 식당에서 숟가락 달그락거리는 소리, 휴게실에서 체스 말 옮기는 소리, 세탁실에서 김이 뿜어져나오는 요란한 소리가 들렸다. 그는 소리들을 무시하지 않고 오히려 집중하여 헤어비히 양의 숨소리를 덮으려 했다. 그 가느다란 공기는 그녀의 부은 목구멍에 좀처럼 들어가지 못했으며 그녀의 폐를 채울 수 없었다. 슈뢰딩거는 두 사람을 가로막은 문을 부수고 들어가 병든 소녀를 품에

우리가 세상을 이해하길 멈출 때

안고 싶은 욕구를 억눌러야 했다. 그와 동시에, 자신의 방정식을 입증한 논문에 제목을 붙일 기력조차 끌어모을 수 없었다. 그는 논문을 지금 그대로 발표하고 의미 해독은 남들에게 맡기기로 마음먹었다. 그럴 수 있는 사람이 있다면 말이지만. 솔직히 말하자면 이것은 이젠 그에게 중요하지 않았다. 헤어비히 양이 기침할 때마다 그는 걷잡을 수 없는 경련에 몸을 떨었다. 이 재발은 요양원의 모든 사람들에게 찾아온 듯했다. 청소부들은 이틀째 그의 방에 들어오지 않았으며, 그가 안내대에 전화하여 불만을 토로하자 더 시급한 문제로 다들 바쁘다는 대답이 돌아왔다. 바로 그날 아침 두 소년이 죽었다는 것이었다. 식당에서 헤어비히 양의 목에 매달린 쌍둥이였다. 슈뢰딩거는 차마 분노를 표출할 수 없었으며 도로 통제가 풀리면 알려달라고 당부하는 것이 고작이었다. 최대한 빨리 떠나고 싶었다.

이튿날 눈보라가 몰아쳤다. 슈뢰딩거는 오전 내내 침대에 누워서 눈송이가 창턱에 쌓이는 광경을 바라보다 마침내 다시 잠들었다. 문을 두 번 두드리는 소리가 그의 잠을 깨웠다. 부스스한 머리에 음식 얼룩이 묻은 잠옷 그대로 일어났지만, 문을 열었을 때 눈앞에 나타난 남자는 몰골이 훨씬 초췌했다. 슈뢰딩거는 전쟁터에 있을 때 염소 가스 구름 때문에 눈에 더께가 앉은 병사들이 참호에서 돌아오는 광경을 보았는데, 헤어비히 박사도 그중 한 명 같았다. 박사는 슈뢰딩거의 방이 열악한 상황인 것에 양해를 구했다. 그는 진료소가 위기를 겪고 있다고 말했다. 안내대에서 슈뢰딩거가 퇴원할 작정이라는 얘기를 들었으며 딸의 말을 전하러 왔다고 했다. 떠나기 전에 마지막 수업을 해줄 수 있느냐는 것이었다. 박사는 이 말을 하면서 마치 용납될 수 없는 부탁을 하듯 땅바닥을 내려다보았다. 슈뢰딩거는 기쁨을 감추기 힘들었다. 박사가 그를 번거롭게 하고 싶지 않다며 부탁을 거절하시더라도 충분히 이해한다고 말하자 슈뢰딩거가 허겁지겁 옷을 꿰입으며 대답하길 자신은 전혀 불편하지 않고 오히려 기쁘다고, 지금 당장 수업할 수 있다고, 5분만 있으면 머리를 빗을 수 있다고, 아니 그조차도 걸리지 않는다고, 망할 놈의 신발만 찾을 수 있다면, 대체 어디 두었는지! 박사는 그가 방 이쪽저쪽 뛰어다니는 모습을 바라보면서 세상에서 가장 소중한 것을 잃어버린 사람의 황망한 표정을 지었다. 슈뢰딩거는 헤어비히 양의 상태를 보고서야 저 표정의 의미를 깨달았다.

그녀는 창백하고 피골이 상접한 모습으로 쿠션 더미에 파

우리가 세상을 이해하길 멈출 때

묻혀 있었다. 쿠션들은 거대한 꽃의 꽃잎처럼 그녀를 감싸고 있었다. 그녀가 하도 깡말라서 슈뢰딩거는 자신의 시간과 그녀의 시간이 다르게 흘러간 듯한 느낌이 들었다. 인간이 단 며칠 만에 저렇게 극적인 변화를 겪는다는 것은 불가능했다. 목의 피부는 투명해졌고 핏줄은 선명해져 슈뢰딩거는 그녀를 보는 것만으로도 맥박을 잴 수 있을 지경이었다. 이마에는 땀이 맺혔고 고열로 손이 떨렸으며 몸은 아홉 살배기의 몸으로 쪼그라든 듯했다. 슈뢰딩거는 방에 들어갈 엄두가 나지 않았다. 그는 문간에 가만히 서 있었고 헤어비히 박사는 뒤에서 기다리고 있었다. 그러다 그녀가 눈을 떠서 첫 수업 때 그를 맞이한 바로 그 책망하는 표정으로 그를 바라보았다. 소녀는 아버지에게 둘만 있게 해달라고 부탁하고는 슈뢰딩거에게 앉으라고 권했다.

슈뢰딩거는 의자 쪽으로 걸어갔지만 그녀는 매트리스를 두드리며 침대로 와 자신 옆에 앉으라고 권했다. 슈뢰딩거는 어디에 눈을 둬야 할지 알 수 없었다. 자신이 꿈꾸던 여인의 모습을 지금 눈앞에 보이는 모습과 조화시킬 수 없었다. 그래서 그녀가 마지막 문제를 다 풀었다며 공책을 봐달라고 말했을 때 더없이 안도했다. 슈뢰딩거는 문제를 들여다보았는데, 처음에는 숫자가 눈에 들어오지 않았다. 하도 싱숭생숭해서 자신이 내준 기초적 방정식조차 풀 수 없었다. 그는 시간을 벌기 위해 그녀에게 어떻게 결과에 도달했는지 설명해달라고 했다. 꽤 까다로운 딱 한 문제였다. 헤어비히 양은 못하겠다고 말했다. 결과가 머릿속에서 그냥 떠올랐기에 계산 과정을 해명하려면 거꾸로 거슬러올라가야 한다는 것이었다. 슈뢰딩거는 자신도 예전에 비슷한 일을 겪었다고 털어놓았다. 하지만 대학에 입학하고 나서는 교수들의 눈 밖에 나지 않으려고 직관적 방법을 버렸다고 했다. 그러다 이제야 직관을 자유롭게 풀어놓기로 마음먹었는데 너무 멀리 와버려서 돌아갈 길을 전혀 모르게 되었다고 했다. 헤어비히 양은 방정식에 진전이 있었느냐고 물었다. 슈뢰딩거는 일어서서 좌우로 왔다갔다하며 자기 공식에서 가장 기묘한 점에 대해 이야기했다.

그는 이렇게 말했다. 공식은 겉보기에는 매우 간단하다. 어느 물리계에 적용하든 미래의 진행 과정을 기술할 수 있다. 전자 같은 입자에 적용하면 가능한 모든 상태를 보여준다. 문제는 핵심적 항, 즉 슈뢰딩거가 그리스어 문자 ψ(프사이)로 표기하고 '파동 함수'로 명명한 방정식의 알맹이에 담겨 있

우리가 세상을 이해하길 멈출 때

다. 양자계에 대해 알고 싶은 모든 정보가 파동 함수에 들어 있다. 하지만 슈뢰딩거는 그것이 무엇인지는 알 수 없었다. 파동의 형태를 지니긴 했지만, 실제 물리 현상일 수는 없었다. 이 세상 바깥에서, 다차원 공간에서 움직이기 때문이다. 어쩌면 수학적 키메라일 뿐인지도 모를 일이었다. 유일하게 확실한 것은 파동 함수의 위력이었으며 그 힘은 무한해 보였다. 이론상 슈뢰딩거는 자신의 방정식을 우주 전체에 적용할 수 있었다. 그 결과는 만물의 미래 진화를 포착하는 파동 함수일 터였다. 하지만 이런 것이 존재할 수 있다는 사실을 어떻게 남들에게 설득할 것인가? Ψ는 탐지가 불가능했다. 어떤 측정 장비에도 흔적을 남기지 않았다. 아무리 발전한 장비나 아무리 정교한 실험으로도 포착할 수 없었다. 전혀 새로운 것이었다. 그 성격은 파동 함수가 불안하리만치 정확하게 기술하는 세상의 성격과 전혀 달랐다. 슈뢰딩거는 자신이 평생 갈망하던 것을 발견했다고 확신했지만, 입증할 방법이 전혀 없었다. 그는 자신의 방정식을 기존 원리에서 유도하지 않았다. 그의 생각은 어떤 알려진 토대에서 비롯한 것이 아니었다. 방정식 자체가 원리요, 그의 정신이 무無로부터 끄집어낸 것이었다. 그가 자신의 긴 강연을 헤어비히 양이 알아듣는지 보려고 고개를 돌렸을 때 그녀는 곤히 잠들어 있었다.

　슈뢰딩거의 눈에 그녀는 어느 때 못지않게 아름다웠다. 그는 그녀를 감싼 쿠션들을 치우고 그녀의 얼굴을 가린 머리타래를 쓸어 넘겼다. 그러자 그녀를 더 만지고 싶은 욕망을 억누를 수 없었다. 그는 그녀의 목, 어깨, 쇄골을 어루만졌으며 나이트가운의 끈을 따라 젖가슴의 부드러운 곡선에 이르러 젖꼭지가 있으리라 생각되는 곳에 손가락으로 동그라미를 그렸다. 계속해서 그녀의 배꼽을 향해 나아가다 치골에서 몇 밀리미터 떨어진 곳에서 멈췄다. 더는 나아갈 엄두가 나지 않았다. 그는 눈을 감고 숨을 참은 채 헤어비히 양의 단속적 호흡에 귀를 기울였다. 다시 눈을 떴을 때 그녀는 자신을 덮은 시트를 치워버렸으며 그는 그녀가 꿈속 여신으로 탈바꿈한 것을 보았다. 검은 피부는 곪아가는 상처와 딱지로 덮였으며, 웃고 있는 해골의 입에서 혀가 축 늘어져 있었다. 그녀의 손이 쭈글쭈글한 음순을 벌리자 그곳에서는 새하얀 털의 올가미에 걸린 거대한 딱정벌레가 다리를 흔들거리고 있었다. 이 환상이 찰나간 지속된 뒤에 시트가 헤어비히 양을 다시 덮었다. 그녀는 마치 아무 일도 일어나지 않은 것처럼 잠들어 있었다. 하지만 슈뢰딩거는 겁에 질려 뛰쳐나갔다.

우리가 세상을 이해하길 멈출 때

그는 서류를 그러모은 뒤 진료비도 납부하지 않고 진료소에서 달아났다. 폭풍을 무릅쓰고 여행 가방을 끌며 기차역을 향해 출발했다. 눈 때문에 도로가 막힐 것인지 알아보지도 않은 채로.

IV

불확실성의 왕국

취리히에서 슈뢰딩거는 건강을 회복했을 뿐 아니라 천재성에 사로잡힌 사람의 분위기를 풍겼다.

그는 방정식에 살을 붙여 완전한 역학 체계를 구성했다. 자신의 논리를 전개하기 위해 단 6개월 만에 쓴 다섯 편의 논문은 하나하나가 앞선 논문보다 훌륭했다. 에너지 양자의 존재를 처음 추론한 막스 플랑크는 슈뢰딩거에게 보낸 편지에서 "아이가 자신을 몇 년 동안 괴롭힌 수수께끼의 답을 듣는 것처럼 기쁜 마음으로" 논문을 읽었다고 말했다. 폴 디랙은 한술 더 떴다. 전설적 수학 실력을 자랑하는 영국의 괴짜 천재 디랙은 그때까지 알려진 사실상 모든 물리학과 (적어도 이론상으로는) 모든 화학이 슈뢰딩거의 방정식에 들어 있다고 말했다. 슈뢰딩거는 영예를 누렸다.

이 새로운 파동 역학의 중요성을 감히 부정한 사람은 아무도 없었지만, 얼마 지나지 않아 몇몇은 빌라 헤어비히 요양원에서 슈뢰딩거의 골머리를 썩인 질문들을 스스로에게 던지기 시작했다. 파동 함수가 실재에 대해 실제로 무슨 말을 해야 하는지 처음으로 질문을 던진 사람 중 하나인 로버트 오펜하이머는 이렇게 썼다. "참으로 아름다운 이론이다. 인류가 발견한 것 중에서 가장 완벽하고 정확하고 우아한 것이다. 하지만 여기에는 뭔가 기이한 구석이 있다. 마치 우리에게 이렇게 경고하는 듯하다. 자신을 너무 진지하게 받아들이지 말라고. 내가 보여주는 세상은 당신이 나를 적용하면서 생각하는 세상과 같지 않다고." 슈뢰딩거는 유럽 전역을 돌아다니며 자신의 개념을 설명하는 일에 열중했으며 어딜 가든 박수갈채가 쏟아졌다. 그러다 베르너 하이젠베르크를 만났다.

뮌헨 강당에서 슈뢰딩거가 발표를 마치기도 전에 젊은 라이벌이 단상에 뛰어올라 칠판에서 슈뢰딩거의 계산을 지우고는 자신의 볼썽사나운 행렬을 적었다. 하이젠베르크가 보기에 슈뢰딩거의 제안은 용납할 수 없는 뒷걸음질이었다. 고

전 물리학의 방법을 써서 양자 세계를 설명할 수는 없었다. 원자는 한낱 구슬이 아니다! 전자는 물방울이 아니다! 슈뢰딩거의 방정식이 정확하고 심지어 유용할지도 모르지만 물질이 가장 작은 규모에서 극단적으로 기이하게 행동하는 현상을 무시하는 건 가장 근본적인 잘못이다. 하이젠베르크를 격분시킨 것은 파동 함수가 아니라―어차피 그게 뭔지 아는 사람이 어디 있겠는가?― 원리의 문제였다. 그는 슈뢰딩거의 재주가 아무리 모든 사람을 매혹시켰더라도 이것이 막힌 길임을, 참된 이해로부터 멀어지는 막다른 골목임을 알고 있었다. 하이젠베르크가 헬골란트에서 고통의 와중에 성취한 것을 감히 시도하려는 사람은 아무도 없었다. 무턱대고 계산을 하는 게 아니라 양자의 방식으로 생각해야 했기 때문이다. 하이젠베르크는 청중의 야유에 자신의 말이 묻히지 않도록 언성을 더욱 높였으나 허사였다. 반면에 슈뢰딩거는 완벽한 평정심을 유지했다. 난생처음으로 자신의 능력을 온전히 다스릴 수 있다는 느낌이 들었다. 자신의 연구가 가진 부정할 수 없는 가치를 확신했기에 젊은 독일인의 부아에 동요하지 않았다. 모든 청중의 원성에 주최측이 격분한 하이젠베르크를 쫓아내기 전 슈뢰딩거는 그에게 세상에는 상식적 은

우리가 세상을 이해하길 멈출 때

유로 분석할 수 없는 것이 틀림없이 존재하지만 원자의 내부 구조는 그중 하나가 아니라고 말했다.

하이젠베르크는 풀이 죽은 채 집에 돌아갔지만 패배를 받아들일 생각은 없었다. 그는 2년간 온갖 발표와 세미나에서 슈뢰딩거의 개념을 공격했으나 운명의 여신은 그의 적수에게 미소를 짓는 것 같았다. 게다가 슈뢰딩거는 최후의 일격으로 자신의 방법과 하이젠베르크의 방법이 수학적으로 동일하다는 사실을 보여주는 논문을 발표했다. 두 방법을 하나의 문제에 적용하면 똑같은 결과가 나왔다. 둘은 대상에 접근하는 두 가지 방법에 불과했으나 그의 방법은 직관적으로 이해할 수 있다는 엄청난 장점이 있었다. 젊은 하이젠베르크는 "당신이 해야 하는 일은 눈을 감고 상상하는 것뿐"이라고 즐겨 말했는데, 사실 아원자 입자를 보기 위해 눈알을 후벼낼 필요는 전혀 없었다. 슈뢰딩거는 논문 말미에 이렇게 썼다. "아원자 이론을 언급할 때는 단수로 지칭하는 것이 지극히 당연할 것이다."

하이젠베르크의 행렬 역학은 잊힐 운명이었다. 헬골란트에서 그가 얻은 깨달음은 과학의 연대기에 덧붙은 각주에 불과할 터였다. 하루하루 발표되는 새로운 연구 결과들은 하이젠베르크의 행렬에서 도출된 것이었지만 슈뢰딩거의 우아한 파동 언어로 번역되었다. 자신의 이론으로는 수소 원자의 스펙트럼을 유도할 수 없어서 어쩔 수 없이 경쟁자의 방정식에 의존해야 했을 때 하이젠베르크의 치욕은 극에 달했다. 그는 이를 마치 하나씩 부술 작정인 듯 바득바득 갈며 계산을 했다.

그는 아직도 나이가 매우 젊었지만 부모는 그에게 재능을 낭비하지 말고 독일에서 어엿한 교수 자리를 찾으라고 끊임없이 닦달했다. 하이젠베르크는 덴마크에 가서 닐스 보어의 조수로 일하면서 코펜하겐대학교 보어이론물리학연구소의 좁은 다락방에서 지냈다. 다락방은 경사진 지붕 아래에 있었기에 움직이려면 고개를 숙여야 했다. 그 덕에, 보어에게 '복종'하라는 아버지의 말을 매일 되새겼다.

보어와 하이젠베르크에게는 공통점이 많았다. 보어는 자신의 제자와 마찬가지로 거의 고의적일 만큼 모호한 논증으로 유명했으며, 비록 모두에게 존경받았지만 많은 사람들은 그의 개념들이 물리학보다는 철학에 더 가까이 흘러간다고 말했다. 보어는 하이젠베르크의 새 추론을 처음으로 받아들

우리가 세상을 이해하길 멈출 때

인 사람 중 하나였으나 자신의 제자에겐 영원한 좌절의 근원이기도 했다. 슈뢰딩거의 파동과 하이젠베르크의 행렬을 이른바 상보성이라는 원리로 통일하여 둘 다 수용하려 들었기 때문이다.

보어는 두 접근법의 모순을 해결하기보다는 끌어안는 쪽을 택했다. 그가 보기에 기본 입자의 특징은 주어진 맥락에서만 유효했으며 관계로부터 생겨났다. 어떤 단일한 준거틀로도 이것들을 아우를 수 없었다. 한 종류의 실험에서 측정하면 파동의 성질을 나타내다가도 다른 실험에서는 입자로 보였다. 이 관점들은 서로 배타적이고 적대적이었으며 그와 동시에 상보적이었다. 어느 쪽도 세상을 완벽하게 반영하지 못했으며 둘 다 세상에 대한 타당한 모형이었다. 둘을 합치면 자연에 대한 더 완벽한 관념을 얻을 수 있었다. 하지만 하이젠베르크는 상보성에 질색했다. 모순되는 두 개념 체계가 아니라 하나의 개념 체계가 수립되어야 한다고 확신했다. 그는 이 목표를 이루기 위해서라면 무엇이든 할 각오가 되어 있었다. 양자역학을 이해하는 대가가 실재의 개념 자체를 뒤집는 것이더라도 기꺼이 대가를 치를 작정이었다.

방에 틀어박혀 고개를 숙이고 어깨를 움츠린 채 왔다갔다

하며 생각에 몰두하지 않을 때는 동틀녘까지 보어와 논쟁했다. 둘의 논쟁은 몇 달째 이어졌으며 점차 격렬해졌다. 하이젠베르크가 보어에게 소리지르다 목소리를 잃자 보어는 성마른 제자로부터 휴식기를 얻기 위해 겨울 휴가를 앞당겼다. 하이젠베르크는 보어 못지않은 고집쟁이였으며 하이젠베르크의 성격은 보어에게 증오의 대상이 되었기 때문이다. 자신을 도발할 보어가 없어지자 하이젠베르크는 내면의 악마를 홀로 상대해야 했으며 금세 스스로의 철천지원수가 되었다. 그는 두 사람으로 나뉘어 한 번은 자신의 입장을 옹호했다가 다음번엔 보어의 입장을 옹호하는 장광설을 폈다. 열의가 지나친 나머지, 마치 인격이 분열된 사람처럼 스승의 용납할 수 없는 현학衒學을 금세 고스란히 흉내냈다. 그는 자신의 직관을 배신하여 수와 행렬의 표를 제쳐놓고는 전자를 파동의 다발로 상상했다. 핵 주위를 도는 전자에 적용될 경우 슈뢰딩거의 방정식이 실제로 기술하는 것은 무엇일까? 파동 자체는 아니었다. 방정식의 차원으로 보건대 그것만은 분명했다. 어쩌면 에너지 준위, 속력, 좌표 등 전자가 가질 수 있는 모든 상태를 보여주면서도 흐릿한 스냅 사진처럼 서로 겹쳐 있는 것일 수도 있었다. 초점이 맞은 몇몇은 전자에 대해

우리가 세상을 이해하길 멈출 때

가장 가능성이 큰 상태였다. 아니면 확률 파동일까? 통계 분포? 드 브로이는 파동 함수를 존재의 확률 밀도로 번역했다. 이것이야말로 슈뢰딩거의 역학이 보여준 모든 것이었다. 흐릿한 이미지, 희미한 존재, 확산하고 막연한 것. 이 세상 것이 아닌 무언가의 모호한 윤곽. 하지만 이 관점과 하이젠베르크 자신의 관점을 한꺼번에 고려하면 무슨 일이 일어날까? 그 결과는 터무니없고 매혹적이었다. 전자는 주어진 점에 구속되는 입자인 동시에 시간과 공간을 가로질러 확산하는 파동이었다. 이 모든 역설에 치이고 슈뢰딩거의 개념을 몰아내지 못하는 자신의 무능력에 부글부글 속을 끓이며 그는 밖으로 나가 대학 주위의 공원을 걸었다.

그는 시간의 흐름을 인지하지 못하다 자정이 되어 추위가 엄습하고서야 그 시각에 문을 연 유일한 장소로 피신했다. 코펜하겐의 보헤미안들이 모이는 술집으로, 미술가, 시인, 범죄자, 매춘부 들이 코카인과 해시시를 구하는 곳이기도 했다. 하이젠베르크는 청교도적이라고 할 만큼 술을 멀리했으며 많은 동료들이 뻔질나게 들르는 그 술집 앞을 매일 지나쳤음에도 한 번도 들어간 적이 없었다. 문을 열자 악취가 얼굴을 강타하듯 밀려들었다. 추위만 아니었다면 숙소로 돌아갔을 것이다. 그는 뒤쪽으로 들어가 유일하게 비어 있는 테이블에 앉았다. 검은 옷을 입은 남자를 종업원으로 착각해 주문하려고 손을 들었는데, 남자는 주문을 받는 게 아니라 테이블 맞은편에 앉아 이글거리는 눈으로 그를 쳐다보았다. 그가 재킷 안쪽에서 작은 병을 꺼내며 말했다. "오늘밤 제가 뭘 해드릴 수 있을까요, 교수 양반?" 그러고는 뒤를 돌아보며 술집 주인이 하이젠베르크의 손짓을 보지 못하도록 제 몸으로 가로막았다. "저 사람은 걱정 말아요, 교수 양반. 여기선 누구나 환영이니까. 당신 같은 사람까지도 말이죠." 그는 이렇게 말하며 하이젠베르크에게 한쪽 눈을 깜빡해 보이고는 병을 테이블 위에 올려놓았다. 하이젠베르크는 이 낯선 남자를 보자마자 경멸감을 느꼈다. 나보다 열 살은 많아 보이는데, 왜 이렇게 공손한 말투를 쓰는 거지? 하이젠베르크는 계속해서 술집 주인을 부르려 했지만 술 취한 거구의 곰처럼 테이블 위에 구부정하게 얹힌 낯선 남자의 어깨 때문에 시야가 완전히 가로막히다시피 했다. "이렇게 말하면 못 믿으시겠지만요, 교수 양반, 얼마 전에 일곱 살 먹은 애 하나가 당신이 앉아 있는 바로 그 의자에 앉아서 울음을 그치지 않았습니다. 장담컨대 세상에서 가장 슬픈 아이였죠. 녀석이 흐느끼는 소

우리가 세상을 이해하길 멈출 때

리가 아직까지 귀에 쟁쟁합니다. 그렇게 시끄러운데 누가 글쓰기에 집중할 수 있겠습니까? 해시시 해보셨나요, 선생? 물론 안 해보셨겠지요. 오늘, 시간을 무한정 가진 사람은 아무도 없습니다. 오직 애들만, 애들과 취한 자들만 빼고요. 당신처럼 심각한 사람들은, 교수 양반, 바야흐로 세상을 변화시킬 사람들은 어림도 없습니다. 제 말이 틀렸습니까?" 하이젠베르크는 대답하지 않았다. 그는 맞장구치지 않기로 마음먹었다. 그런데 일어서려던 참에 남자의 손에서 쇠붙이가 번득이는 것을 보았다. "급할 것 없어요, 교수 양반. 밤은 아직 얼마든지 남았으니까. 긴장 풀어요. 내 한잔 사지. 그나저나 솔직히 말하자면 더 독한 걸 대접해도 괜찮을 것 같은데, 안 그래요?" 그는 맥주가 남아 있는 유리잔에 병의 내용물을 부어 하이젠베르크 쪽으로 밀었다. "지쳐 보이는군요, 교수 양반. 몸을 좀 돌봐야겠어요. 정신 장애의 첫 증상이 미래를 대면하지 못하는 것이라는 사실 알고 있나요? 생각해보시면 우리가 인생에서 단 한 시간에 대해서조차 통제력을 행사한다는 게 얼마나 무망한지 아실 겁니다. 생각을 통제한다는 건 얼마나 힘든지요! 이를테면 당신은—당신은 뭔가에 사로잡혀 있는 게 분명합니다. 당신이 자신의 지성에 집착하는 건

변태가 여자의 보지에 집착하는 것과 같습니다. 당신은 흘렸어요, 교수 양반. 자신의 머릿속에 홀딱 빠져 있다고요. 자, 마셔요. 두 번 권하게 하지 말고." 하이젠베르크가 몸을 뒤로 물렸지만 낯선 남자는 그의 어깨를 움켜쥐고 하이젠베르크의 입술에 잔을 갖다댔다. 그는 겁에 질려 도움을 청하려고 주위를 둘러보다 손님들이 마치 한 사람 한 사람이 의무적으로 겪어야 하는 의식에 참여하고 있는 것처럼 전부 냉담하게 자신을 쳐다보고 있음을 알게 되었다. 그는 입을 열어 초록색 액체를 단숨에 들이켰다. 남자는 미소를 지으며 의자에 등을 기댄 채 머리 뒤에서 손가락을 깍지 꼈다. "이제, 교수 양반, 당신과 내가 두 사람의 문명인처럼 얘기할 수 있겠군요. 내 말 믿어요. 난 이것들에 대해 아니까. 우리는 시간과 공간을 한 가닥의 섬유처럼 엮어야 해요. 언제나 움직임 속에 머물러야 하죠. 누가 평생 한 곳에 머물러 있을 수 있겠어요? 돌이야 그럴 수 있겠지만 당신 같은 사람은 그럴 수 없죠, 교수 양반. 요즘 라디오 들어본 적 있나요? 나는 당신이 흥미로워할 만한 프로그램을 진행하고 있어요. 애들을 위한 것이긴 한데, 당신처럼 호기심 많은 애들, 용감한 애들을 위한 것이죠. 나는 우리 시대의 모든 거대한 재앙에 대해 이야기해요. 비극, 집단 학살, 공포에 대해서요. 지난달 미시시피 강이 범람해서 500명이 죽었다는 거 알고 있었나요? 물이 하도 거세게 흘러서 둑이 무너지는 바람에 사람들이 자다 가 익사했지요. 애들이 이런 걸 알면 안 된다고 생각하는 사 람들이 있지만, 난 걱정 안 합니다. 끔찍한 건 물위에 떠 있 는 시체가 아니에요. 뼈에서 떨어져나온 부은 살이 아니라고 요. 그렇지 않아요. 정말로 괴상망측한 것은 내가 이 모든 것 을 거의 순간적으로 알게 되었다는 겁니다. 지구 반대편에서 늙은 개놈인 나의 사랑하는 윌리 삼촌, 늙은 개년인 나의 사 랑하는 클라라 숙모가 자기네 사탕 가게 지붕에 올라가 목 숨을 건졌다는 소식이 내게 전해졌어요. 사탕 말입니다! 그 게 흑마술이 아니라면 대체 뭔지 내게 말씀 좀 해주시죠. 얼 마나 많은 사람이 죽었는지, 얼마나 많은 사람이 살았는지는 중요하지 않습니다, 교수 양반. 오늘날은 우리 모두가 희생자 입니다. 당신은 너무 똑똑하니 그걸 모를 리 없겠죠. 난생처 음 전화를 받았을 때를 아직까지 기억합니다. 내가 할아버지 댁에 있는데, 자식에게서 벗어나 연휴를 보내려고 호텔에 묵 고 있던 어머니가 전화를 걸었습니다. 나는 벨 소리를 듣자 마자 수화기를 집어들어 머리를 스피커에 대고 눌렀다가 거기서 나오는 목소리에 빨려들었습니다. 무엇도 그 격정을 가라앉힐 수 없었습니다. 무기력에 빠져 나의 시간 감각, 결심, 의무감, 균형감이 부서지는 것을 보며 고통스러웠습니다. 이 어마어마한 지옥이 당신 탓이 아니라면, 당신 같은 사람들 탓이 아니라면 누구 탓이겠습니까? 말해봐요, 교수 양반. 이 모든 광기는 어디서 시작됐지요? 언제부터 우리가 세상을 이해하길 멈춘 겁니까?" 남자는 제 얼굴을 손으로 쥐고서 윤곽이 완전히 일그러질 때까지 피부를 양쪽으로 잡아당기더니 마치 자신의 어마어마한 무게를 더는 지탱할 수 없는 듯 테이블에 풀썩 엎어졌다. 하이젠베르크는 이 틈을 타 내뺐다.

그는 어디로 갈지 모른 채 달렸다. 안갯속에서 길을 잃자 팔을 앞으로 뻗어 맹인처럼 허공을 더듬었다. 그러다 다리에 경련이 일어나 우람한 참나무 뿌리 위에 쓰러졌다. 심장이 터질 듯했다. 공원 안으로 깊숙이 들어가자 이젠 가로등 불빛이 보이지 않았다. 그 새끼가 내게 무슨 약을 먹인 거지? 그는 추위에 오들오들 떨었다. 혀는 말랐고 시야는 흐려졌고 아드레날린이 온몸에 솟구쳤다. 흐느끼고 싶은 마음을 주체할 수 없었다. 그가 바라는 것은 다락방에 돌아가는 것뿐이었으나, 욕지기가 치밀어 서 있을 수도 없었다. 걸으려고 시도

하자 주변 풍경이 빙빙 돌기 시작했는데, 너무 어지러운 나머지 나무줄기를 끌어안고 눈을 감아야 했다.

눈을 떴을 때 작은 빛 구슬들이 주변의 공기 중에 떠다니며 반딧불이의 행진처럼 반짝거렸다. 더는 추위가 느껴지지 않았다. 다리도 떨리지 않았다. 마치 꿈에서 깬 듯 정신이 명료하면서도 혼란스러웠다. 숲은 이제 알아볼 수 없었다. 뿌리는 핏줄처럼 울렁거렸고 가지는 바람이 느껴지지 않는데도 흔들렸으며 땅은 발밑에서 숨쉬는 것 같았지만, 그는 두렵지 않았다. 크나큰 평안이 찾아왔는데, 상황을 보건대 도무지 납득할 수 없었기에 자신의 고요가 언제라도 공황으로 바뀔까봐 두려웠다. 그는 공황에 빠지지 않으려고 빛의 유희를 관찰하는 데 몰두했다. 공간을 뒤덮은 빛들은 우듬지에서 떨어지거나 땅을 덮은 잎들 사이에서 피어났다. 대부분은 즉시 사라졌지만 몇몇은 작은 흔적을 남길 만큼 살아남았다. 하이젠베르크는 동공이 확대되어서는 이 흔적들이 연속선이 아니라 일련의 점들임을 알아차렸다. 점들은 사이사이 공간을 통과하지 않으면서 이 장소에서 저 장소로 한번에 도약하는 듯했다. 이 환각에 도취하자 자신의 마음이 관찰 대상과 합쳐지는 느낌이 들었다. 흔적을 이루는 점 하나하나는 원인 없이 나타났으며 온전한 궤적은 각각의 점을 잇는 그의 머릿속에만 존재했다. 하이젠베르크는 그중 하나에 집중했지만, 뚜렷이 보려 할수록 점은 더욱 번졌다. 그는 나비를 좇는 아이처럼 깔깔대며 네 발로 기어 빛의 점 하나를 손으로 잡으려 했다. 거의 잡을 뻔했을 때 자신이 무수한 그림자에 둘러싸여 있는 것을 알게 되었다.

눈이 가늘게 찢어지고 몸이 숯과 재로 이루어진 수많은 남녀가 그를 만져보려고 팔을 뻗고 있었다. 그들은 굳이 전진하지 않고서도 그에게 모여들어 마치 보이지 않는 거미줄에 걸린 벌떼처럼 웅웅거렸다. 하이젠베르크는 거미줄을 뚫고 자신을 향해 기어오는 아기의 손을 잡으려 했지만, 폭발이 일어나 형체들이 산산조각났다. 그는 바닥에 엎드려 흙을 뒤적이며 흔적을, 저 허깨비의 자취를 조금이라도 거두려 애썼다. 그가 찾을 수 있었던 것은 미세한 빛들 중 하나, 유일하게 살아남은 것이었다. 그는 빛을 조심조심 집어들어 가슴에 품고 집을 향해 출발했다. 돌풍에 머리카락이 날려 눈알에 닿고 재킷의 주름이 펄럭거렸지만 빛이 꺼지지 않도록 무슨 일이라도 해야 한다는 생각에 바람과 맞섰다. 그는 공원 입구를 찾아 대학 건물 쪽으로 향했다. 그런데 자기 방 창문이

우리가 세상을 이해하길 멈출 때

보일 즈음 등뒤에서 무언가 커다란 기척이 느껴졌다. 어깨 너머로 돌아보니 검은 유령에 가려 뒤쪽이 온통 캄캄했다. 그는 겁에 질려 발부리에 차이는 자갈에 아랑곳없이 내달리다가 자신을 따라오는 것이 손에 든 빛 때문에 뒤로 드리운 자신의 그림자임을 깨달았다. 그는 뒤돌아 유령과 마주 서고는 팔을 뻗어 손바닥을 폈다. 빛과 그림자가 한꺼번에 꺼졌다.

보어가 휴가를 보내고 돌아왔을 때 하이젠베르크는 우리가 세상에 대해 알 수 있는 것에는 절대적 한계가 있다고 말했다.

자신의 상사가 대학 출입문을 들어서자마자 하이젠베르크는 짐을 풀거나 외투에서 눈을 털 시간도 주지 않고 그의 팔꿈치를 붙잡고서 공원으로 데려갔다. 하이젠베르크는 나무 사이로 보어의 여행 가방을 끌면서 멘토의 투덜거림을 아랑곳 않고 말했다. 자신의 개념과 슈뢰딩거의 개념을 합쳤더니 양자 물체가 고정된 정체성을 가지지 않고 가능성의 공간에 거주한다는 사실을 깨달았다는 것이었다. 전자는 하나의 장소가 아니라 여러 장소에 존재하며 하나의 속도가 아니라 여러 속도를 가진다고 하이젠베르크는 설명했다. 파동 함수는 그 모든 가능성이 겹쳐 있음을 보여준다고 말했다. 하이젠베르크는 입자와 파동에 대한 망할 놈의 논쟁을 모조리 잊고서 다시 한번 숫자에 매달려 길을 찾으려 했다. 그는 슈뢰딩거와 자신의 수학을 분석하여 위치와 운동량 같은 양자 물체의 특정 성질들이 서로 얽혀 있으며 그것들의 관계에서 기묘한 성질이 나타난다는 사실을 발견했다. 하나를 더 정확히 파악할수록 다른 하나는 더 불확실해졌다. 이를테면 핀에 꽂은 곤충처럼 전자를 궤도에 잡아두어 정확한 위치를 확정하면 속력은 전혀 확정할 수 없게 된다. 전자는 움직이지 않을 수도 있고 빛의 속도로 움직일 수도 있으며 어느 쪽인지 알 방법은 전혀 없다. 그 반대도 마찬가지다. 전자에 일정한 운동량을 부여하면 위치를 도무지 확정할 수 없게 된다. 전자는 당신의 손바닥에 있을 수도 있고 우주 끝에 있을 수도 있다. 이 두 변수는 수학적으로 상보적이다. 하나를 확정하면 다른 하나는 사라진다.

하이젠베르크는 말을 멈추고 숨을 골랐다. 쉼없이 열광적으로 이야기하며 보어의 여행 가방을 눈 속으로 끌고 오느라 땀에 젖었다. 자신의 머릿속에 너무나 몰두한 탓에 보어가 몇 미터 뒤처진 채 극도로 집중하여 땅을 바라보고 있는 것을 알아차리지 못했다. 스승의 머릿속에서 기어가 딸깍거리며 생각을 갈아 정수를 추출하는 소리가 들리는 것 같았다. 그가 다가가자 보어는 이 짝지은 성질들이 방금 말한 두 가지 변수에만 해당하느냐고 물었다. 하이젠베르크는 숨을 헐떡거리며 아니라고 했다. 전자가 어떤 상태에 머무르는 시간과 그 상태에서 가지는 에너지를 비롯하여 양자적 실재의 여러 측면을 좌우한다고 설명했다. 보어는 이 관계들이 물질의 모든 수준에 존재하는지, 아원자 영역에만 존재하는지 물었다. 하이젠베르크는 이 관계들이 전자에 대해서는 자기 두 사람만큼 참이지만 거시적 대상에 미치는 효과는 미미한 반면에 하나의 입자에 미치는 영향은 어마어마하다고 단언했다.

하이젠베르크가 자신의 새 개념을 뒷받침하는 수학적 근거를 적어둔 종이를 꺼내 건네자 보어는 눈밭에 앉아 읽었다. 하이젠베르크에게 영원처럼 느껴진 시간 동안 보어는 말없이 계산을 검토했으며, 다 끝나자 일어나는 것을 도와달라고 말했다. 두 사람은 추위를 떨치려고 다시 걷기 시작했다. 보어는 이것이 실험적 한계와 관계가 있을 가능성이 있느냐고, 기술이 발전한 미래 세대는 이 한계를 극복할 수 있겠느냐고 물었다. 하이젠베르크는 아니라고 대답했다. 그것은 물질 자체에 관계된 것이고, 만물이 창조되는 방식을 지배하는 원리이며, 어떤 현상이 완벽하게 정의된 특징들을 한꺼번에 가질 가능성을 배제하는 듯하다는 것이었다. 그의 애초 직관은 옳았다. 양자의 실체를 '보는' 것이 불가능한 이유는 양자가 단일한 정체성을 가지지 않는다는 단순한 이유에서다. 양자의 성질들 중 하나를 규명하면 다른 것이 모호해질 수밖에 없다. 양자계를 기술하는 최선의 방법은 그림도 은유도 아니라 숫자의 집합이다.

두 사람은 공원을 나서 도심 길거리를 걸으며 하이젠베르크의 발견이 가져올 결과에 대해 토론했다. 보어는 이것이 진정으로 새로운 물리학의 주춧돌이라고 생각했다. 철학적으로 말하자면 이것은 결정론의 종말이라고 하이젠베르크의 팔을 잡으며 말했다. 하이젠베르크의 불확정성 원리는 뉴턴 물리학이 약속한 시계장치 우주를 믿는 모든 사람의 희망을 갈기갈기 찢었다. 결정론자들은 만일 물질을 지배하는 법칙을 밝혀낼 수만 있다면 가장 태곳적 과거로 돌아가 가장 머나먼 미래를 예견할 수 있다고 주장했다. 일어난 모든 일이 이전 상태의 직접적 결과라면 현재를 들여다보고 방정식을 풀기만 해도 우주에 대해 신과 같은 지식을 얻을 수 있으리

우리가 세상을 이해하길 멈출 때

라는 것이었다. 이 희망은 하이젠베르크의 발견으로 산산조 각났다. 우리가 파악할 수 있는 범위를 넘어서는 것은 미래 도 아니요 과거도 아니요, 현재 자체다. 한낱 입자 한 개의 상 태조차 완벽히 파악할 수 없으니 말이다. 기본 입자를 아무 리 꼼꼼히 조사하더라도, 모호하고 미확정적이고 불확실한 것은 언제나 남기 마련이다. 마치 실재가 우리로 하여금 한 번에 한쪽 눈으로 세상을 수정처럼 투명하게 인식하는 것은 허락하되 양쪽 눈으로 인식하는 것은 결코 허락하지 않는 것처럼 말이다.

희열에 도취한 하이젠베르크는 지금 공원을 가로지르고 있는 길이 깨달음의 날 밤에 걸어간 길과 거의 정반대임을 알아차렸다. 그가 보어에게 이 이야기를 하자, 보어는 즉시 이것을 지금의 논의와 연결 지었다. 전자가 어디에 있고 어떻 게 움직이는가와 같은 기본적인 것을 한꺼번에 알 수 없다면 우리는 전자가 두 점 사이에서 어떤 경로를 따를지도 정확히 예측할 수 없으며 가능한 여러 경로만을 예측할 수 있을 뿐 이라는 것이다. 이것이 슈뢰딩거 방정식의 기발한 점이었다. 입자의 무한한 운명, 모든 상태, 모든 궤적을 파동 함수라는 하나의 체계로 엮어 모든 것을 겹친 채로 보여주었으니 말이다. 입자는 여러 방식으로 공간을 통과할 수 있지만 그중에서 하나만 고를 수 있다. 어떻게? 순전히 우연으로. 하이젠베르크가 보기에 어떤 아원자 현상이든 절대적으로 확실하게 기술하는 것은 이제 불가능했다. 이전에는 모든 결과에 대해 원인이 있었지만 이젠 확률의 스펙트럼이 존재할 뿐이었다. 만물의 가장 깊은 바닥에서 물리학이 발견한 것은 슈뢰딩거와 아인슈타인이 꿈꾸었듯 세계의 끈을 당기는 합리적 신이 지배하는 단단하고 확고한 실재가 아니라 우연을 가지고 노는 천수千手 여신의 변덕에서 탄생한 놀랍고도 희한한 세상이었다.

두 사람은 요전에 하이젠베르크가 내뺀 술집 앞을 지나고 있었다. 그때 보어가 기념으로 맥주 한잔해야겠다고 말했다. 주인이 문을 막 열었기에 술집은 한산했지만, 하이젠베르크는 그 제안에 속이 뒤틀렸다. 그는 맥주 대신 커피를 마시자고, 따뜻한 음식을 먹는 게 어떻겠느냐고 말했다. 보어는 커피로 무슨 축하를 하나, 라고 말하며 그를 밀어넣었다.

두 사람은 그 기묘한 날 밤 하이젠베르크가 앉았던 테이블에 앉았다. 보어가 맥주 두 잔을 시켰고 둘은 천천히 홀짝거렸으며 두 잔을 더 시켜 단숨에 들이켰다. 세번째 잔을 마

우리가 세상을 이해하길 멈출 때

시는 동안 하이젠베르크는 그곳에서 일어난 일을 모조리 털어놓았다. 자신에게 약을 먹인 낯선 남자, 자신의 두려움, 테이블 위에 놓인 병, 남자의 곰 같은 손과 번득이는 단검의 칼날에 대해 이야기했다. 쓴맛 나는 초록색 액체, 낯선 남자의 걷잡을 수 없는 격정 토로, 자신의 비겁한 도피를 묘사했다. 바깥의 추위, 아름다운 환각, 울렁거리는 나무뿌리, 반딧불이의 춤, 손에 쥔 작은 빛덩이, 대학교에서 자신을 따라오던 거대한 그림자에 대해 말했다. 이 모든 것에 대해, 그뒤 몇 주간의 삶에 대해, 자신의 머릿속에서 폭풍우처럼 쏟아져나온 생각들과 그날 밤 이후로 자신을 사로잡았으나 어떤 묘한 이유에서인지 자신에게도 보어에게도 설명할 수 없었던 거침없는 열정에 대해 이야기했다. 그 열정은 자신이 수십 년 뒤에야 이해하게 될 것이었다. 그는 자신의 환상을 털어놓을 수 없었다. 마치 자신에게 무언가를 경고하려는 듯 발치에 죽어 있던 아기에 대해서나 숲에서 자신을 둘러쌌다가 번득이는 섬광에 의해 일순간 탄화되어버린 수천 개의 형체들에 대해.

V

신과 주사위

1927년 10월 24일 월요일 아침 브뤼셀의 잿빛 하늘 아래
서 물리학자 스물아홉 명이 레오폴드공원의 서리 내린 잔디
밭을 가로질러 생리학연구소의 강연장에 들어섰다. 자신들
이 닷새 뒤 과학의 토대 자체를 뒤흔들게 되리라는 사실을
모른 채.

연구소는 기업가 에르네스트 솔베이에 의해 설립되었으
며 설립 목적은 다음의 주장을 최대한 입증하는 것이었다.
"생명 현상은 우주를 지배하는 물리 법칙에 의해 설명되어
야 한다. 이것은 세상의 사실들에 대한 관찰과 객관적 연구
를 통해 알 수 있을 것이다." 유럽 전역에서 날아온 늙은 대
가와 젊은 신예들이 당시 가장 저명한 학술 회합이던 제5차

솔베이회의에 참석했다. 이토록 많은 천재가 한 지붕 아래 모인 것은 전무후무한 일이었다. 폴 디랙, 볼프강 파울리, 막스 플랑크, 마리 퀴리를 비롯한 열일곱 명은 노벨상을 받았거나 훗날 받게 되며, 노벨상을 두 번 받은 퀴리가 헨드릭 로런츠와 알베르트 아인슈타인과 더불어 회의위원회를 감독했다.

회의 주제는 '전자와 광자'였지만 모든 참석자가 알았다시피 회의의 진짜 목적은 물리학을 떠받치는 구조 전체에 균열을 일으키고 있던 양자역학을 분석하는 것이었다.

첫날, 참석자 전원이 발언했다. 아인슈타인만 침묵했다.

이튿날 아침 루이 드 브로이는 전자의 운동을 설명하는 자신의 신이론 '향도파響導波'를 공개했다. 이 이론에 따르면 전자의 운동은 서퍼가 파도 물마루를 타는 것과 비슷하다. 드 브로이는 슈뢰딩거와 코펜하겐 물리학자들에게 인정사정없이 공격받았다. 자신을 방어할 수 없자 아인슈타인의 도움을 기대했지만, 아인슈타인은 여전히 침묵을 지켰다. 주눅든 공작은 이후 자신의 발표 시간 내내 다시는 입을 열지 않았다.

셋째 날 양자역학에 대한 두 가지 설명이 맞붙었다.

슈뢰딩거는 자신감에 가득차 자신의 파동을 옹호했다. 그는 자신의 이론이 전자의 행동을 완벽하게 기술한다고 설명했다. 하지만 전자 두 개를 나타내려면 6차원이 필요하다는 사실을 인정해야 했다. 슈뢰딩거는 자신의 파동이 실재하는 것일 수 있으며 단순한 확률 분포가 아니라고 확언했지만 나머지 사람들을 설득하지는 못했다. 그의 발표 말미에 하이젠베르크가 끼어들었다. "슈뢰딩거 씨는 우리의 지식이 더 발전하면 자신의 다차원 이론에서 생겨나는 결과들을 3차원에서 설명하고 이해할 수 있을 거라 자신합니다. 하지만 그의 계산에서는 그런 희망을 정당화하는 증거를 전혀 찾을 수 없습니다."

그날 오후 하이젠베르크와 보어는 양자역학에 대한 자신들의 견해를 발표했는데, 이는 훗날 코펜하겐 해석으로 알려지게 된다.

실재는 관찰 행위와 별개인 무언가로서 존재하지 않는다고 그들은 참석자들에게 말했다. 양자 물체에는 본질적 성질이 전혀 없다. 전자는 측정되기 전에는 어떤 고정된 장소에도 있지 않다. 전자가 나타나는 때는 오로지 그 순간뿐이다. 전자는 측정되기 전에는 어떤 성질도 없다. 관찰되기 전에는 머릿속에 떠올릴 수조차 없다. 전자는 특수 장비로 검출될 때

특수한 방식으로 존재한다. 한 측정과 다음 측정 사이에서 전자가 어떻게 움직이는지, 무엇인지, 어디에 위치하는지 묻는 것은 무의미하다. 불교에서 말하는 달처럼, 입자는 존재하지 않는다. 입자를 실재하는 대상으로 만드는 것은 측정 행위다.

그들의 주장은 전통과의 가차없는 결별이었다. 물리학은 실재가 아니라 우리가 실재에 대해 말할 수 있는 것에만 관여해야 한다고 그들은 주장했다. 원자와 그 기본 입자들의 존재는 우리가 일상에서 경험하는 사물의 존재와 같지 않고, 기본 입자들은 가능태의 세계에서 살아간다고 하이젠베르크가 설명했다. 그것들은 사물이 아니라 가능성이다. '가능한 것'에서 '실재하는 것'으로의 전환은 관찰이나 측정의 행위가 이루어지는 동안에만 일어날 수 있다. 따라서 독립적으로 존재하는 양자적 실재는 없다. 파동으로서 측정되면 전자는 파동으로 나타나며 입자로서 측정되면 입자 형태를 취한다.

두 사람은 한발 더 나아갔다.

이 한계들은 결코 이론상의 한계가 아니다. 모형의 결함이나 실험의 한계, 기술적 제약이 아니다. 과학이 연구할 수 있는 범위 바깥의 '현실 세계'는 결코 존재하지 않는다. 하이젠베르크가 설명했다. "우리 시대의 과학에 대해 이야기하는 것은 객관적이고 초연한 관찰자로서가 아니라 인간과 자연 사이에서 벌어지는 게임의 행위자로서의 우리가 자연과 맺는 관계에 대해 이야기하는 것입니다. 과학은 이제 실재를 예전과 같은 방식으로 대면할 수 없습니다. 세계를 분석하고 설명하고 분류하는 방법은 스스로의 한계를 맞닥뜨렸습니다. 이것은 개입이 탐구 대상을 변화시킨다는 사실에서 비롯합니다. 과학이 세상에 비추는 빛은 우리가 바라보는 실재의 모습을 바꿀 뿐 아니라 그 기본적 구성 요소의 행동까지도 바꿉니다." 과학적 방법과 과학의 대상은 더는 분리될 수 없다.

코펜하겐 해석의 옹호자들은 자신들의 강연에 다음과 같은 단호한 평결을 덧붙였다. "우리는 양자역학을 닫힌 이론으로 간주한다. 그 토대가 되는 물리학과 수학은 더는 수정을 받아들이지 않는다."

이것은 아인슈타인이 받아들일 수 있는 한계를 벗어났다.

탁월한 우상 파괴자인 물리학자 아인슈타인은 그런 극단적 변화를 받아들일 수 없었다. 물리학이 객관적 세계에 대해 그만 말해야 한다는 것은 관점의 변화만이 아니었다. 그

우리가 세상을 이해하길 멈출 때

것은 과학의 정신 자체에 대한 배신이었다. 아인슈타인은 물리학이 확률에 대해서뿐 아니라 원인과 결과에 대해서도 이야기해야 한다고 확신했다. 세상의 사실들이 상식과 그토록 상반된 논리를 따른다고는 믿을 수 없었다. 자연법칙이라는 관념을 버리고서 우연을 왕좌에 앉힐 수는 없었다. 더 심오한 무언가가 있어야 했다. 아직 알려지지 않은 무언가. 코펜하겐의 안개를 흩뜨릴 수 있고 아원자 세계의 무작위성을 떠받치는 질서를 드러낼 수 있는 숨은 변수가 필요했다. 그는 이것을 확신했으며 이후 사흘간 (코펜하겐 물리학자들이 추론의 바탕으로 삼은) 하이젠베르크의 불확정성 원리에 어긋나는 것처럼 보이는 가설적 상황을 잇따라 제안했다.

공식 토론과 별도로 아침식사 시간마다 아인슈타인이 수수께끼를 내면 밤마다 보어가 정답을 내놓았다. 두 사람의 결투는 회의를 압도했고 물리학자들을 대립하는 두 진영으로 나눴지만, 결국 아인슈타인은 항복해야 했다. 그는 보어의 추론에서 단 하나의 모순도 찾을 수 없었다. 그는 마지못해 패배를 받아들였으며 양자역학에 대한 모든 증오를 한 문장으로 압축했다. 훗날 거듭거듭 되풀이하게 되는 이 문장을 그는 보어가 떠나기 전 그의 면전에 대고 마치 침을 뱉듯 내

뱉었다.

"신은 우주를 놓고 주사위 놀이를 하지 않소!"

후기

아인슈타인은 브뤼셀에서 드 브로이와 함께 파리로 돌아왔다. 그는 기차에서 내리면서 드 브로이를 얼싸안으며 낙담하지 말고 개념을 계속 발전시키라고, 그가 옳은 길에 서 있다는 것은 의심할 여지가 없다고 말했다. 하지만 드 브로이는 그 닷새간 무언가를 잃어버렸다. 1929년 물질파에 대한 박사 논문으로 노벨상을 받았지만 그는 하이젠베르크와 보어의 견해에 굴복했으며 보잘것없는 대학교수로 평생을 보냈다. 그가 모든 사람을 차단하려고 친 수치심의 장막은 그와 세상 사이의 장벽이 되었으며 그의 누나조차도 들출 수 없었다.

아인슈타인은 양자역학의 최대 강적이 되었다. 그는 객관적 세계로 돌아가는 길을 찾으려고 수없이 노력했으며 자신의 상대성 이론과 양자역학을 통일하여 모든 과학 중에서 가장 정밀한 과학에 스며든 혼란을 뿌리 뽑을 숨은 질서를 찾아 헤맸다. 그는 친구에게 이렇게 썼다. "이 이론을 보면 어딘지 지독히 똑똑한 편집증 환자가 조리 없는 생각의 단편들로 만들어낸 환각의 체계가 떠오른다네." 그는 대통일 이론을 수립하려고 분투했으나 목표를 이루지 못하고 죽었다. 모든 사람에게 존경받았으나 젊은 세대로부터는 완전히 소외당했다. 그들은 수십 년 전 솔베이에서 신과 주사위 운운하는 아인슈타인의 공격에 대해 보어가 내놓은 답변을 정답으로 받아들인 듯했다. "신에게 세상을 어떻게 다스리시라고 말하는 것은 우리 몫이 아닙니다."

슈뢰딩거도 양자역학을 혐오하게 되었다. 그는 정교한 사고 실험(게당켄엑스페리멘트)을 고안하여 불가능해 보이는 생물을 탄생시켰다. 그것은 살아 있는 동시에 죽은 고양이였다. 그의 취지는 이런 사고방식이 얼마나 터무니없는가를 보여주려는 것이었다. 코펜하겐 해석의 옹호자들은 슈뢰딩거에게 그의 말이 전적으로 옳다고, 사고 실험의 결론은 터무니없을 뿐 아니라 역설적이라고, 하지만 그럼에도 참이라고 말

우리가 세상을 이해하길 멈출 때

했다. 슈뢰딩거의 고양이는 여느 기본 입자와 마찬가지로 살아 있으면서도 죽었다(적어도 측정될 때까지는). 그리고 이 오스트리아 물리학자의 이름은 자신이 탄생에 일조한 개념들을 부정하려던 이 실패한 시도에 영원히 따라붙게 된다. 슈뢰딩거는 생물학, 유전학, 열역학, 일반 상대론에 기여했지만 빌라 헤어비히 요양원에 체류한 이후의 6개월간 해낸 업적에 필적하는 성과를 다시는 배출하지 못했으며 다시는 그곳에 돌아가지 않았다.

1961년 빈에서 그를 덮친 마지막 결핵 발작으로 일흔셋의 나이에 사망할 때까지 명성이 그를 따랐다.

그의 방정식은 현대 물리학의 기둥으로 남아 있다. 100년간 누구도 파동 함수의 수수께끼를 풀 수 없었지만 말이다.

하이젠베르크는 스물다섯 살에 라이프치히대학교 교수로 임용되었는데, 이는 독일 역사상 최연소였다. 그는 양자역학을 창시한 공로로 1932년 노벨상을 받았으며, 1939년 나치 정부로부터 핵폭탄 제조의 실현 가능성을 탐구하라는 명령을 받았다. 2년 뒤 그는 독일이나 어떤 적국도 적어도 제2차 세계대전 동안에는 이런 종류의 무기를 제작할 수 없을 것이라는 결론을 내렸으며, 히로시마 상공에서 폭발이 일어났다는 소식을 도무지 믿을 수 없었다.

하이젠베르크는 도발적인 개념들을 전개하느라 여생을 보냈으며 20세기의 가장 중요한 물리학자 중 한 명으로 꼽힌다.

그의 불확정성 이론은 한 번도 반증되지 않았다.

우리가 세상을 이해하길 멈출 때

밤의 정원사

I

그것은 나무에서 나무로 퍼지는 식물 역병이다. 멈출 수 없고 은밀하며 맹목적이고 세상의 눈에는 보이지 않는 숨은 부패다. 깊고 어두운 땅속에서 탄생했을까? 가장 작은 생물의 주둥이에 묻어 지표로 올라왔을까? 어쩌면 균류일까? 아니, 그것은 포자보다 빨리 이동하며 나무의 심장부에 파묻혀서는 나무뿌리 안에서 번식한다. 그것은 꿈틀거리며 기어다니는 고대의 악마다. 죽이라. 불로 태우라. 불을 붙여 타는 꼴을 지켜보라. 시간의 시련을 이겨낸 저 모든 병든 너도밤나무, 전나무, 참나무 거목을 불사르고, 벌레에게 천 번을 물려 상처 입은 나무줄기에 물을 끼얹으라. 이제 죽어가면서,

병들고 죽어가면서, 나무들은 선 채로 죽어간다. 불사르고 불꽃이 하늘로 올라가는 광경을 지켜보라. 그냥 내버려두면 그것이 세상을 집어삼키고 다른 나무들의 죽음을 먹고 잿빛으로 바뀐 모든 초록색 풀로부터 양분을 얻을 테니. 지금 가만히 귀기울여보라. 그것이 자라는 소리를 들어보라.

Ⅱ

내가 그를 만난 것은 여름철을 제외하면 사람이 거의 살
지 않는 작은 산속 마을에서였다. 나는 밤중에 산책하다가
그가 자기 정원에서 땅을 파는 광경을 보았다. 내 개가 덤불
밑으로 기어들어가 어둠 속 달빛 아래 흰빛을 번득이며 그에
게 달려들었다. 남자가 허리를 숙여 개의 머리를 쓰다듬었고
한쪽 무릎을 꿇자 개는 배를 드러냈다. 내가 사과하자 남자
는 괜찮다고, 개를 좋아한다고 말했다. 나는 이 밤에 정원일
을 하는 거냐고 물었다. 남자가 말했다. "그래요. 밤은 정원일
을 하기에 가장 좋은 시간입니다. 식물이 잠을 자느라 감각
이 무뎌지거든요. 다른 곳으로 옮겨도 마치 마취된 환자처럼

고통을 덜 느끼죠. 식물을 대할 때는 세심해야 합니다." 그가 어릴 적에 늘 두려워한 참나무 거목이 한 그루 있었다. 그의 할머니가 그 나무의 가지에 목을 매어 목숨을 끊었다. 그의 말에 따르면 그때는 튼튼하고 왕성하고 건강한 나무였지만 60년이 지난 지금은 거대한 몸통에 기생충이 들끓고 속에서 부터 썩어가고 있었다. 그는 머지않아 베어야 할 것임을 알았다. 그의 집 위로 솟아 있어서 쓰러지면 집을 부술 우려가 있었기 때문이다. 그럼에도 그는 저 거대한 것을 차마 벨 수 없었다. 그의 집과 온 마을이 자리잡은 어둡고 불길하고 아름다운 땅을 덮고 있던 오래된 숲의 얼마 남지 않은 조각 중 하나였기 때문이다. 그가 나무를 가리켰지만, 어둠 속에서는 거대한 그림자 말고는 아무것도 보이지 않았다. 저 나무는 반쯤 죽은 채 썩어가고 있지만 아직 살아서 자라고 있다고 그가 말했다. 박쥐는 줄기에 둥지를 틀었고 벌새는 가장 높은 가지에 올라앉은 기생식물의 루비색 꽃에 들어 있는 꿀을 먹었다. 현지에서 퀸트랄, 쿠트레, 니페 등으로 부르는 이 양성화兩性花 트리스테릭스 코림보수스는 그의 할머니가 해마다 잘라냈지만 해마다 다시 자라 더 튼튼하고 빽빽하게 꽃을 피울 뿐이었다. "할머니께서 왜 당신 목숨을 끊으셨는지 아직도 모르겠습니다. 아무도 할머니께서 자살하셨다는 얘기를 제게 해주지 않았습니다. 제가 어릴 적, 대여섯 살밖에 안 됐을 때는 가족의 비밀이었죠. 하지만 수십 년이 지나 제 딸이 태어났을 때 저의 나나, 그러니까 어머니께서 일하러 가셨을 때 저를 길러주신 아주머니께서 알려주셨습니다. 이렇게 말씀하시더군요. '네 할머니는 밤중에 저 나뭇가지에 목을 매셨단다. 무서웠어. 끔찍했지. 경찰이 올 때까지 가지를 자를 수 없었어. "시신을 내리지 말고 그대로 두시오"라고 경찰이 말했거든. 하지만 네 아빠는 할머니를 저렇게 매달린 채로 내버려둘 수 없어서 나무에 올라갔어. 올라가고 또 올라갔지. 할머니가 어떻게 그렇게 높이까지 올라갔는지 아무도 알 수 없었단다. 그런 다음 네 아빠는 할머니의 목에서 올가미를 벗겼어. 할머니는 가지들 사이로 쿵 하고 떨어졌어. 네 아빠는 도끼로 나무를 베기 시작했지만 할아버지가 말렸단다. 할머니가 저 나무를 좋아했다고, 늘 좋아했다고 말했지. 할머니는 나무가 자라는 모습을 보았고, 돌보고 거름을 주었고, 가지치기를 하고 물을 뿌렸고, 저 나무 일이라면 아무리 사소한 것에도 법석을 떨었어. 그렇게 나무는 살아남았고 아직도 여기 있단다. 조만간 쓰러질 테지만 말이야.'"

239

밤의 정원사

III

이튿날 아침 일곱 살배기 딸과 함께 숲에 산책하러 가다가 죽은 개 두 마리를 발견했다. 개는 독살되었다. 한 번도 본 적 없는 광경이었다. 예전에 고속도로에서 질주하는 차량의 타이어에 짓이겨진 강아지의 피투성이 사체를 본 적이 있었다. 떠돌이개 무리에게 공격당해 내장이 드러난 채 죽은 고양이를 본 적도 있었다. 영문 모르는 양의 목을 내가 직접 칼로 찔러 녀석이 나와 함께 일하는 가우초(남아메리카의 카우보이—옮긴이) 앞에서 피 흘리며 죽는 광경을 보기도 했다. 그는 고기를 구워 아사도 요리를 만들었다. 하지만 그 죽음들 중 무엇도, 아무리 소름 끼칠지언정 독약의 효과에 비하면 아무것도 아니었다. 첫번째 개는 독일셰퍼드로, 숲길 한가운데 누워 있었다. 주둥이는 떡 벌어지고 잇몸은 검게 부어올랐으며 빼문 혀는 평상시보다 다섯 배나 커져 있었고 핏줄은 부풀어 터지기 직전이었다. 나는 조금씩 다가가면서 딸에게 고개를 돌리라고 말했지만, 아이는 말을 듣지 않고 내 재킷 주름에 얼굴을 묻은 채 빼꼼 내다보며 살금살금 내 뒤를 따라왔다. 개의 다리는 뻣뻣하게 쭉 뻗었으며, 가스로 팽창하여 살갗이 팽팽하게 늘어난 복부는 임신한 여인의 배처럼 보였다. 사체 전체가 금방이라도 폭발하여 사방에 내장을 흩뿌릴 것 같았지만, 가장 충격적인 것은 얼굴에 드러난 무지막지한 고통이었다. 얼마나 고통스러웠던지 죽은 뒤에도 비명을 지르는 듯한 모습이었다. 두번째 개는 45미터가량 떨어진 길옆 덤불에 가려져 있었다. 블러드하운드와 비글의 잡종으로, 머리는 검은색이고 몸은 흰색이었는데, 셰퍼드와 같은 성분에 의해 죽은 것이 틀림없었지만 독약으로 인한 변형은 전혀 겪지 않았다. 눈꺼풀 주위를 기어다니는 파리만 아니었다면 그냥 잠든 줄 알았을 것이다. 첫번째 개는 모르는 개였지만 하운드는 친구의 개였다. 우리 딸은 네 살 때부터 녀석과 놀았으며 녀석은 이따금 우리와 함께 산책하거나 음식 부스러기를 달라며 우리집 문을 긁었다. 아이는 녀석을 패치스라고 불렀는데, 사체를 보자마자 울음을 터뜨리진 않았지만 숲길에서 공터로 나와선 슬픔을 주체하지 못했다. 나는 아이를 꼭 끌어안았다. 아이는 우리 개가 어떻게 될까봐 겁난다고 말했다. 나도 그랬다. 이제껏 만난 동물 중에서 가장 예쁘고 다정한 녀석인데. 아이가 물었다. 이 개들은 왜 독살됐어? 나는 아이에게 잘은 모르겠지만 아마도 사고인 것 같다고 말했다. 쥐약이나 달팽이약처럼 정원에 쓰는 치명적 화학물질이 많이 있고 여기는 근사한 정원이 많이 있으니까. 어쩌면 뭔지 모르고 독약을 먹었거나 사람들이 집 근처에 놓아둔 쥐약을 먹고 움직임이 굼떠진 쥐를 잡아먹었을지도 모른다고 말했다. 내가 아이에게 말하지 않은 것은 이런 일이 해마다 일어난다는 사실이었다. 1년에 한두 번은 죽은 개가 발견되었다. 어느 때는 한 마리, 어느 때는 훨씬 많았지만, 여름의 시작과 가을의 끝 사이에는 어김없이 죽은 개가 발견되었다. 1년 내내 여기 사는 사람들은 자기들 중 한 명, 마을 주민들 중 한 명이 개를 독살한다는 사실을 알지만 그게 누구인지는 아무도 모른다. 그가 청산가리를 내놓으면 두어 주동안 마을 곳곳에서 사체가 발견된다. 대부분은 떠돌이개들이다. 인근 지역 사람들이 산간 도로에 찾아와 원치 않는 개를 버리기 때문이다. 하지만 우리 개들이 희생될 때도 있었다. 용의자가 두어 명 있는데, 과거에 그런 협박을 한 자들이다. 우리와 같은 길에 사는 남자는 내 친구에게 내가 개에게 목줄을 매야 한다고 말한 적이 있다. 누군가 여름마다 개들을 독살시키고 있는데도 내가 몰랐던 걸까? 그 남자는 우리 집에서 세 집 건너에 살지만, 이야기를 나눈 적은 한 번도 없다. 자기 차 옆에 서서 담배 피우는 모습을 한두 번 본 것이 전부다. 그가 고개인사를 하면 나도 고개인사를 하지만, 대화를 주고받지는 않는다.

IV

   우리 정원이 너무 천천히 성장해서 속상하다. 산간 지대는 겨울이 혹독하고 봄과 여름은 짧고 매우 건조하며 우리 정원은 쓰레기 더미 위에 지어져 흙이 척박하다. 오두막을 지어 내게 판 전 주인은 자갈과 건설 폐자재로 땅을 골랐는데, 이 때문에 꽃과 나무를 심으려고 땅을 파면 깡통, 병뚜껑, 플라스틱 조각이 나올 때가 있다. 쓸 수 있는 비료가 많긴 하지만, 나무들이 크게 자라지 않더라도 있는 그대로 두는 게 좋다고 생각한다. 나무뿌리는 갈 데가 없다. 내가 쓰레기 위에 쌓은 얇은 표토 아래에는 단단하고 조밀한 진흙이 있어서 대부분의 나무는 주접이 들었다. 분재 같은 묘한 맛이 있긴 하지만 그래도 주접은 주접이니까. 밤의 정원사가 내게 알려준 바로는 현대 질소 비료를 발명한 사람은 프리츠 하버라는 독일인 화학자인데, 그는 염소 가스라는 대량살상무기를 처음으로 만들어 제1차세계대전 때 참호에 쏟아부은 사람이기도 하다. 그의 초록색 가스는 수천 명을 죽였으며 무수한 병사들은 독가스가 폐 속에서 끓어오르자 제 목을 할퀴고 자신의 토사물과 가래에 질식한 반면에, 그가 공기 중 질소에서 채취한 비료는 수억 명을 기근에서 구하고 지금의 인구 과잉을 가져왔다. 오늘날은 질소가 남아돌지만, 수백 년 전만 해도 새똥과 박쥐똥을 놓고 전쟁이 벌어졌으며 도둑들이 뼛속에 숨은 질소를 훔치려고 이집트 파라오의 유골을 약탈했다. 밤의 정원사에 따르면 마푸체족 인디언은 무찌른 적의 해골을 짓이겨 그 가루를 자기네 논밭에 거름으로 뿌렸는데, 언제나 나무들이 곤히 잠든 한밤중에 뿌렸다고 한다. 카넬로와 아라우카리아(칠레소나무) 같은 몇몇 나무가 전사의 영혼을 꿰뚫어보고 그의 가장 깊은 비밀을 훔쳐 한데 얽힌 숲의 뿌리들을 통해 퍼뜨리면 무성한 덩굴이 희멀건 버섯 균사체에게 귓속말로 전달하여 공동체 내에서 그의 평판을 무너뜨린다는 것이다. 비밀의 삶을 잃고 세상에 드러난 사람은 영

영 영문을 모른 채 서서히 쪼그라들고 속에서부터 말라비틀

어진다.

V

이 작은 마을이 들어선 모양새는 꽤나 묘하다. 어느 길로 가든 어김없이 가장 낮은 가장자리에 자리잡은 작은 숲정이에 닿게 되는데, 이곳은 1990년대 말 이 근방을 휩쓸며 마을의 존립을 위협한 대화재에서 살아남은 몇 안 되는 지역 중 하나다. 불은 맹렬히 날뛰다 제풀에 꺼졌다. 200년간 건재하던 숲이 두 주 만에 사라졌다. 대부분 소나무를 새로 심었는데, 원래의 토종은 전부 사라졌으며 남은 것은 이 작은 꼬마야생지뿐이다. 이곳 나무들은 사방을 둘러싼 가지치기 울타리나 예쁘장한 정원과 뚜렷한 대조를 이룬다. 이 숲은 내게 묘한 마력을 부려 나를 끌어당기고 아래로 아래로 이끌어 호수로 향하는 오래된 길로 데려간다. 나는 그곳에서 며칠이고 나무 사이를 걸었는데, 늘 혼자였다. 이유는 모르겠지만 마을 사람들은 이 지역을 꺼리는 것 같다. 대부분의 외지인, 그러니까 여름용으로 오두막을 임차하는 부자들은 이곳을 거의 방문하지 않으며 지나가는 길에 슬쩍 구경하는 것이 고작이다. 숲 한가운데에는 석회석으로 조각된 작은 그로토(석굴)가 있다. 밤의 정원사는 저곳에 한때 대형 양묘장이 있어서 동굴 어귀의 영원한 어둠 속에 씨앗을 보관했다고 말한다. 하지만 요즘은 비어 있으며, 이따금 청소년들이 찾아와 콘돔 봉지가 바닥에 널브러져 있기도 하고 관광객들이 똥 닦은 휴지를 버리면 내가 주워서 파묻기도 한다. 저 너머에 호수가 있는데, 작은 물가에 주민 일가족들이 모인다. 진짜 호수라기보다는 연못에 가까운 인공 호수이지만, 오리 수십 마리가 둥지를 틀고 있어서 무척 자연스러워 보인다. 붉은어깨말똥가리가 남쪽을 순찰하고 흰두루미는 더 습한 북쪽 절반을 다스린다. 봄이면 호수에 물을 대는 작은 개울이 졸졸 흐르며 노래하지만, 나중에는 마르고 풀이 웃자라 마치 처음부터 없었던 것처럼 사라진다. 호수는 수십 년째 한 번도 얼지 않았다. 마지막으로 얼었을 때 어린아이 하나가 얼음 틈새에 빠져 죽었다는 말을 들었다. 피노체트가 갓 권좌에 올랐을 때라는데, 아이의 이름을 내게 말해줄 수 있는 사람은 아무도 없었다. 아마 아이들이 밤중에 호수에 오지 못하도록 지어냈다가 기후가 온난화되어 더는 호수가 얼지 않는데도 살아남은 이야기인지도 모르겠다.

이 마을을 건설한 것은 유럽인 이민자들이다. 이곳에는 칠레의 다른 지역과 달리 외국 느낌이 물씬 풍긴다. 물론 몇몇 남부 소도시에서는 스페인인과 마푸체족의 혼혈 일색인 주민들 사이에서 파란 눈의 금발 소녀들이 뛰어다니는 광경을 볼 수 있지만 말이다. 이곳은 높은 산악 지대에 피난처로 조성되었다. 늘 나를 놀라게 하는 칠레의 특징 중 하나는 사람들이 산에 살지 않는다는 것이다. 안데스산맥이 칼처럼 우리의 등줄기에 뻗어 있지만, 우리는 저 웅장한 봉우리들을 무시하고 마치 나라 전체가 불치의 어지럼증을 앓는 것처럼 해안에 정착한다. 이 고소 공포증 때문에 우리는 이 독특한 지형의 가장 두드러진 면모를 향유하지 못한다. 이 마을에서 한 시간이 채 걸리지 않는 곳에 고속도로가 끝나고 산간 도로가 시작되는 지점이 있는데, 그곳에 대규모 요새가 있다. 내가 사들인 집은 퇴역 육군 중위가 지었다. 호기심에서 그에 대해 몇 가지 조사를 해봤더니, 그는 피노체트 독재 시기에 정치범 여러 명의 실종에 관여한 혐의로 고발된 인물이었다. 내가 그를 만난 것은 그가 집을 보여줄 때와 우리가 계약서에 서명할 때 두 번뿐이었다. 당시에는 몰랐으나 (집값이 싸서 이상하다는 생각은 들었지만) 그는 죽을병을 앓고 있었다. 1년도 지나지 않아 죽었다. 밤의 정원사는 그가 혐오스러운 작자이고 모든 마을 사람들에게 경멸당했다고 말한다. 낡은 군용 리볼버를 엉덩이에 꽂고 돌아다녔으며 자기 집을 수리한 인부들에게 임금을 지불하지 않았기 때문이다. 우리가 이사했을 때 거실의 커피 테이블 위에는 공이가 달아난 낡은 수류탄이 놓여 있었다. 그걸 어떻게 했는지는 도무지 기억이 안 난다.

VI

밤의 정원사는 수학자였으며, 알코올중독자였던 이가 술에 대해 이야기하듯 두려움과 갈망이 섞인 말투로 수학에 대해 이야기한다. 그는 자신이 화려한 경력으로 출발했지만 알렉산더 그로텐디크의 연구를 접한 뒤 수학을 완전히 접었다고 말했다. 그로텐디크는 세계적으로 유명한 수학자로, 유클리드 시대 이후로 누구도 하지 못한 방식으로 기하학에 혁명을 일으켰으나 국제적 명성의 절정기에 알 수 없는 이유로 수학을 그만두었다. 그가 남긴 방대한 유산은 지금까지도 여러 분야에 충격파를 보내고 있지만, 그는 2014년 사망할 때까지 자신의 연구와 관련한 모든 논의를 거부했다. 밤의 정원사와 마찬가지로 그로텐디크는 마흔이 되었을 때 집과 가족, 친구들을 떠나 피레네산맥에 틀어박혀 수도승처럼 살았다. 마치 아인슈타인이 상대성 이론을 발표한 뒤에 물리학을 포기하거나 마라도나가 월드컵에서 우승한 뒤에 다시는 공을 차지 않는 셈이었다. 밤의 정원사가 삶을 저버리기로 마음먹은 것은 물론 그로텐디크에 대한 존경심 때문만은 아니었다. 그는 볼썽사나운 이혼을 겪었고 외동딸과 소원해졌고 피부암 진단을 받았으나 이 모든 것이 아무리 고통스러울지언정 (핵무기나 컴퓨터, 생화학 무기, 기후 재앙이 아니라) 수학이 우리 세상을 무시무시하게 변화시키리라는 돌연한 깨달음에 비하면 부차적이라고 주장했다. 기껏해야 20년 안에 우리는 인간성의 진짜 의미를 이해하지 못하게 되리라는 것이었다. 그렇다고 해서 예전에는 이해했다는 말은 아니지만 상황이 점차 악화되고 있다고 그는 말했다. 우리가 원자를 쪼개고 최초의 빛을 포착하고 우주의 종말을 예측하는 데는 한 줌의 방정식과 구불구불한 선, 알쏭달쏭한 기호만 있으면 충분하다. 인류의 삶을 지배하는 이 수식들을 일반인은 이해하지 못한다. 하지만 평범한 사람들만 그런 것이 아니다. 과학자들조차 더는 세계를 이해하지 못한다. 인류의 가장 값진 보물이요 우리의 모든 물리학 이론 중에서 가장 정확하고 폭넓고 아름다운 양자역학을 예로 들어보자. 전 세계를 장악한 스마트폰 뒤에는, 인터넷 뒤에는, 신과 같은 연산 능력이라는 가슴 벅찬 약속 뒤에는 양자역학이 있다. 양자역학은 우리 세상을 송두리째 바꿔놓았다. 우리는 양자역학을 이용할 줄 알며 양자역학은 마치 신기한 기적처럼 작동하지만, 이것을 실제로 이해하는 사람은 산 자와 죽은 자를 막론하고 단 한 명도 없다. 우리의 정신은 양자역학의 역설과 모순을 감당할 수 없다. 양자역학은 마치 다른 행성에서 지구로 떨어진 이론 같아서 우리는 유인원처럼 그 주위를 뛰어다니고 만지작거리고 노리개로 쓸 뿐 결코 진정으로 이해하지 못한다.

이런 연유로 그는 지금 정원을 가꾸고 있으며 자신의 정원뿐 아니라 마을의 다른 정원들도 돌본다. 그는 내가 아는 친구가 하나도 없고 몇 안 되는 이웃들은 그를 약간 괴짜로 여기지만, 나는 그를 친구로 생각하고 싶다. 이따금 우리 정원에 주는 선물이라며 거름이 든 들통을 우리집 밖에 놓아두니 말이다. 우리집 마당에서 가장 오래된 나무는 레몬나무로, 육중하게 늘어진 잔가지들이 넓게 뻗어 있다. 밤의 정원사는 레몬나무가 어떻게 죽는지 아느냐고 물은 적이 있다. 늙은 나무는 만일 벌목되지 않거나 가뭄, 질병, 무수한 해충, 균류, 역병의 공격에서 살아남으면 열매를 너무 많이 맺는 바람에 쓰러진다고 한다. 일생의 끝에 이른 나무에서는 마지막으로 무수한 레몬이 달린다. 마지막 봄이 되면 꽃눈이 트고 거대한 꽃송이가 피어 공기를 향기로 채우는데, 어찌나 달콤한지 두 블록 떨어져서도 콧구멍이 아릴 정도다. 그런 다음 열매가 한꺼번에 익고 이 초과 중량 때문에 모든 가지가 부러져 몇 주 뒤에는 썩어가는 레몬이 땅을 뒤덮는다. 죽음을 앞둔 저런 풍요는 야릇한 광경이라고 그는 말했다. 동물의 세계에서도 연어 수백만 마리가 짝짓기와 산란을 한 뒤에 죽는다든지 청어 수십억 마리가 정액과 알로 바닷물을 하얗게 물들이고 나서 태평양 북동부 해안 수백 킬로미터를 덮는다든지 하는 장면을 볼 수 있다. 하지만 나무는 사뭇 다른 생명체이며 이런 과숙過熟의 과시는 식물보다는 인류의 마구잡이식 파괴적 성장과 더 가까워 보인다. 내 레몬나무를 얼마나 살려두어야겠느냐고 그에게 물었다. 그는 베어서 속을 들여다보지 않고서는 알 방법이 없다고 말했다. 하지만, 정말이지, 누가 그러고 싶겠는가?

감사의 글

이 책에 귀중한 도움을 준 콘스탄사 마르티네스에게 감사한다. 말하자면 소소한 것 하나하나를 놓고 나와 싸웠다는 뜻이다. 이 책은 실제 사건을 바탕으로 한 허구다. 뒤로 갈수록 허구의 비중이 커진다. 「프러시안블루」에는 허구인 대목이 한 군데밖에 없는 반면에 뒤에서는 더 자유분방하게 쓰되 각 작품에서 다루는 과학 개념에 충실하려고 노력했다. 「심장의 심장」의 주인공 중 한 명인 모치즈키 신이치의 경우는 독특하다. 나는 그의 연구에 나타난 특정한 측면에서 영감을 얻어 알렉산더 그로텐디크의 정신을 들여다보았지만 이 책에서 서술하는 모치즈키와 그의 일생, 그의 연구는 대부분 허구다. 이 책에 실린 역사적·전기적 자료는 대부분 다음의 책과 논문에서 찾아볼 수 있다. 저자들에게 감사한다. 온전한 목록은 너무 길 테니 여기서는 일부만 소개한다. Walter Moore, *Schrödinger: Life and Thought*(한국어판은 『슈뢰딩거의 삶』, 사이언스북스, 1997), Manjit Kumar, *Quantum: Einstein, Bohr and the Great Debate About the Nature of Reality*(한국어판은 『양자혁명』, 까치, 2014), Christianus Democritus, *Maladies and Remedies of the Life of the Flesh*, John Gribbin, *Erwin Schrödinger and the Quantum Revolution*, Erwin Schrödinger, *My View of the World*, Alexander Grothendieck, *Récoltes et Semailles*, Arthur I. Miller, *Erotica, Aesthetics and Schrödinger's Wave Equation*, Werner Heisenberg, *Physics and Philosophy: The Revolution in Modern Science*(한국어판은 『물리와 철학』, 서커스, 2018), David Lindley, *Uncertainty: Einstein, Heisenberg, Bohr and the Struggle for the Soul of Science*(한국어판은 『불확정성』, 시스테마, 2009), Winfried Scharlau and Melissa Schneps (영어판), *Who Is Alexander Grothendieck? Anarchy, Mathematics, Spirituality, Solitude*, Ian Kershaw, *Hitler*(한국어판은 『히틀러』, 교양인, 2010), W. G. Sebald, *The*

Rings of Saturn(한국어판은 『토성의 고리』, 창비, 2019), Karl Schwarzschild, *Collected Works*, Jeremy Bernstein, *The Reluctant Father of Black Holes*.

감사의 글

우리가 세상을
이해하길 멈출 때

1판 1쇄 2022년 6월 7일
1판 8쇄 2024년 7월 25일

지은이 벵하민 라바투트 옮긴이 노승영
책임편집 박영신 편집 임혜원 이희연
디자인 이보람 저작권 박지영 형소진 최은진 오서영
마케팅 정민호 서지화 한민아 이민경 안남영 왕지경 정경주 김수인 김혜원 김하연 김예진
브랜딩 함유지 함근아 박민재 김희숙 이송이 박다솔 조다현 정승민 배진성
제작 강신은 김동욱 이순호 제작처 영신사

펴낸곳 (주)문학동네 펴낸이 김소영
출판등록 1993년 10월 22일 제2003-000045호
주소 10881 경기도 파주시 회동길 210
전자우편 editor@munhak.com 대표전화 031) 955-8888 팩스 031) 955-8855
문의전화 031) 955-3579(마케팅) 031) 955-1905(편집)
문학동네카페 http://cafe.naver.com/mhdn
인스타그램 @munhakdongne | 트위터 @munhakdongne
북클럽문학동네 http://bookclubmunhak.com

ISBN 978-89-546-8685-3 03870

www.munhak.com